もうだめだ、と感じて、涙が滲んだ。
「っゆるし、て……っいや、ぁ……っ、――ッ！」
「前より後ろが感じやすいとは思っていたが、舐めるといっそういいようだ」

Cocktail Kiss Label

青の王と花ひらくオメガ

葵居ゆゆ
Yuyu Aoi

この物語はフィクションであり、実在の人物・団体・事件等とは、いっさい関係ありません。

Contents

イラスト・笹原亜美

青の王と花ひらくオメガ

プロローグ

「今からおまえを抱く」

長い金の髪に青い目を持つ王子は、こんなときでも美しく見えた。燃え立つような瞳で、けれど愛情があるとは思えない声で、王子は顔を近づけてくる。

「おまえに俺の寵愛《ちょうあい》をやろう。明日からは誰かに聞かれたら、自分は王子に愛されていると言え」

言うなり服をはだけられ、セレンは身を硬くした。普段着るものとは違い、羽織って前をかるくあわせ、帯を結ぶだけの服の下には、下着はいっさい着けさせてもらえなかった。王子の呼び出しがそういう意味だと、使用人たちが思い込んでいるせいだ、と思っていたけれど――これは。

「っ、僕は、神子ではありません」

露《あら》わになった胸に手を這《は》わせられ、セレンは夜でも眩《まぶ》しい王子の――レイ・バシレウス・リザニアールの目を見上げた。長い金の髪。空よりも美しい青の瞳。雄々しさと美しさをかね備えた、高い鼻梁《びりょう》や顎《あご》のかたち。目を奪われるような魅力を放つ、まばゆいアルファ。

きっと神子だったなら――あるいはなんの罪もない人間だったなら、うっとりと酔いしれることができただろう。

「——ご寵愛をたまわるような、人間ではないんです」

「いやなのか？」

レイは薄く笑って思わせぶりに腹を撫《な》でる。誰にも触られたことのないへそのあたりを撫でられるのは、恐怖とくすぐったさを混ぜたような、なんともいえない感覚だった。さっと肌が粟立《あわだ》って、心臓が不規則に跳ねる。

「いや——というわけでは、ない、です」

不安はある。正しいことだとも思えない。でも。

「僕には、命令に逆らう権利はありません。それに……レイ様には、失礼なこともしてしまったし、宴《うたげ》の席ではお怒りになったのもわかってます。なので、僕でお役に立てるなら、なんでもいたします」

テアーズ神官長に言われたからだけでなく、セレン自身が、レイに背こうという気持ちにはなれない。

(それに、僕は大事な身体《からだ》ってわけじゃないもの)

普通の人にとっては特別な行為だが、使うあてもないのだから、レイが抱きたいと言うなら差し出すだけだ。

「こちらに来てから、仕事もほとんどありませんし……今日は、なんでもお言いつけどおりにしようと思って、こちらまで参りました」

「なるほど。詫《わ》びのつもりで抱かれる気か」

馬鹿にしたようにレイは唇の端を歪《ゆが》めた。

「控えめなのは使用人としては美徳だろうが、せめて明日からは少しは堂々と振る舞うんだな。下を向くな、と言ってやっただろう」

「――はい」

「この俺が気に入ってやったんだ。可愛《かわい》がってやるんだから、喜んで抱かれておけ。なんなら神子たちに自慢すればよい」

レイの手は腹から股間へと動いた。かるく握られて、セレンは思わずびくりとした。自分でだって、排泄《はいせつ》や入浴のときしか触らないところだ。なのにレイは、かたちを確かめるように指を絡めつけ、ゆっくりしごいてくる。ぞわり、と未知の感覚が這いのぼり、セレンは無意識に膝を立てた。

「っ、本当の、ことを、言っていただいても平気です」

「本当のこと?」

「気に入ったとかじゃなくて……怒っているから、いやがらせとかでも、僕はかまいません」

敏感な股間のものは、こすられると内側がじくじくと疼《うず》くようだ。腫れたように感じられて、破けてしまいそうで怖かった。逃げたいのを必死でこらえると、レイはいらだたしげに舌打ちした。

「気に入ったからだ、と言っているだろう」

「でも……気に入っていただく理由が、……っ」

「理由などおまえには関係ない。俺が気に入ったと言えば、気に入ったんだ」

乱暴な口調で言い放ち、レイはセレンの脚に手をかけた。大きく左右にひらかせ、膝を高く持ち上げて、腰の下にクッションを押し込む。

「おまえはただ、俺の相手ができて光栄だと喜んでいればいい」

「神の庭」と呼ばれるイリュシアの町は、なにもかもが白い。

砂漠の辺境に位置する王国リザニアールの、広大な砂漠の中にぽつんと独立した町だ。城壁に囲まれ、綺麗《きれい》な長方形をしている。奥にある神殿の正門から、町の唯一の出入り口である城壁の門まで、一直線にのびる大通りがあり、それを軸に小道が直角にいくつも交差している。建物もすべて白く規則正しい四角形で、日差しが降りそそぐと町全体がまばゆく輝くようだ。

建物と木々の落とす影だけが黒く、真っ白な石畳と影との明暗がくっきりと分かれた道は、いつも夢の中にいるような気持ちをセレンに抱かせる。

ここは、あまりに美しい。

その美しい町は、二年に一度の特別な日を迎えるべく、どこも活気づいていた。忙《せわ》しく壁や道を清め、花を飾る町の人たちの脇を、セレンはそっと目を伏せて通りすぎた。

誰にも見咎《みとが》められないよう俯《うつむ》いて過ごすのは、子供のころからの癖だ。神殿の中でも外でも、セレンはめったに顔を上げない。足元を見つめて小走りに門まで進み、目当ての塔へと向かう。

時を告げる鐘の塔は、石壁で囲まれた「神の庭」を守るように、砂漠から続く道を眺められる位置に建てられている。

狭い階段を息を切らせて上ると、乾いた砂まじりの風が服のたもとや首元を吹き抜けて、セレンはやっと顔を上げた。抜けるように青い空と、茶色い砂漠とが見渡せる。

今日も綺麗、と目を細めると、大きな鐘の向こう側から、腰の曲がった老人が顔を出した。

「またおまえさんか」

「おはようジョウア。今日の食事を持ってきたよ」

セレンは持ってきた籠を差し出した。

「はい。ジョウアの好きな羊肉のサンド」

「豆は」

「入ってるよ、大丈夫」

ぶっきらぼうなジョウアは一見とっつきにくいが、親しくなると優しい人だ。毎日決められた時間に鐘を鳴らすだけでなく、「望遠鏡」という道具で遠くまで見渡して、見張りの役もしている。もっとも、神聖な「神の庭」が攻撃されたことは今まで一度もないのだという。なぜならここは、リザニアール国にとってかけがえのない「神子」を守り育てる聖地だからだ。

リザニアールにはこんな言い伝えがある。

はるか昔、この地にやってきたリザニアールの王族は、神に出会いお告げを受けた。

「この土地に住まい治めるならば、我が子と愛を結ばねばならない。結ばれた愛によってのみ、平和と豊穣《ほうじょう》が守られるだろう」とお告げになった神は、オメガという第二の性別を持つ神の子をつかわし、王になる資格を持つ者にはアルファという性をお与えになった。

アルファはすなわち、王たる者の性で、オメガはアルファを産むための性だ。

今でもリザニアールの王族の一部は、妻を神子のあいだから選ぶ。アルファ性を持つと、オメガ性を持つ相手としか子をなせないからだ。そのため、神子はこの国の存続と繁栄にかかせない尊いものとして、砂漠の中のこの町に大切に保護されていて、町はこんなにも美しく造られているのだった。

セレンは上から白い町を見下ろし、それから遠くへと目を向けた。

「わぁ……今日は北の山脈も見えるね」

延々と続く砂色の砂漠のはるか彼方《かなた》に、連なる山々が空に溶け込むようにかすかに見えている。あの山の手前にはリザニアールの王都があるのだが、見えるのは山だけだった。

イリュシアの町のすぐ外には村があって、南にはわずかに、荒地の中に岩や潅木《かんぼく》が見える。あとはひたすら、砂地が続く景色だ。それでもここからの眺めが、セレンは好きだった。

ここにいるあいだは、俯かなくてすむ。

「旅団も見えるじゃろう。よぉく見てみろ」

ジョウアは北を指差す。王都の方角から砂漠の中に道が一本のびていて、言われて目をこらすと、ぼんやり影のようなものが見えた。ジョウアはセレンに望遠鏡を覗《のぞ》かせてくれた。

そうすると、ぼんやりしか見えなかった影が人々の集団なのが、ごく小さくだけれど見えるようになる。

「アルファたちの旅団じゃよ。旗が見えるか？　青地に鷹《たか》の旗が第一王子レイ・バシレウス様の、黒字に緑の馬が第二王子エクエス様の旗じゃ」

「色しかわからないけど、旗は見える」

覗き込んだ小さな丸い鏡の中、翻る青い旗がある。鷹の絵はわからなかった。

「あの距離だと、町に着くのはどれくらい？」

「急げば午後にでも着く距離じゃ。予定どおり、明日来るつもりだろうな。たぶん午前の早い時間じゃろう」

「明後日はもう、『神の夜』だものね」

二年に一度の「神の夜」は特別な夜で、金色の一の月と青白い二の月が重なるのだ。その日にあわせて、王になる資格を持つアルファ性の人間が、妻となる神子を迎えに、この町へとやってくる。

「二年前にも神子を連れていったのに、強欲なことだ」

ジョウアは皮肉っぽい。仕方ないよ、とセレンは笑った。

「王様になれるのは王族の中でもアルファ性を持つ方だけで、アルファは神子しか産めないんだもの。国を治める王様の血を絶やさないためには、神子が必要なのは当然だよ」

「神子としか子供が作れないからって、城にたくさん神子を住まわせる必要はなかろうに。ひとりで五人も十人も妻《めと》を娶るようなもんじゃないか。わしは好かんね」

「何人もの神子と契りを結ぶ方もいるけど、たいていは、大勢いる神子から、この者だ、という人を選ぶって聞いたよ。それなら普通の夫婦と変わらないんじゃない？」

「着飾らせてはべらせて、その中から好き勝手選ぶんじゃあ、普通とは言わんなあ」

ジョウアはアルファが嫌いだ。アルファというより、王族そのものが嫌いなのだろう。

「わしが神様なら、アルファだオメガだと、めんどくさい仕組みは作らんね。普通の民が土地を耕して、自分たちのことは自分たちでどうにかする。それでよかろうに」

「ジョウアは、神子も嫌い？」

聞くと、老人は黙ってしまう。自分のことをあまり話したがらないジョウアがなぜ、ひとりきりでこの特殊な町の塔に住み、休むことなくつとめを果たしているのか、誰も知らない。大事な役目をしてくれているから、神殿が食事や必要なものを世話しているが、神官の中にも「変わり者だ」と言ってけむたがる人もいる。

黙って望遠鏡をいじりまわしたジョウアは、やがてため息をついた。

「神子は嫌いじゃないさ。ただ、リザニアールは変わった国じゃと思うだけでな」

ジョウアは外国の生まれか、よそでの暮らしが長かったらしかった。生まれたときからこの町にいるセレンには当たり前のことを、変だとか好きじゃないとか言う。

(オメガもアルファも、世界中どこにだっているのにな)

リザニアールはアルファとオメガの数が少なく、神話に基づいてそれぞれの役割が決まっているというだけで、第二の性別の仕組みは、国が変わったからといって異なるわけではない。

アルファを産むことができるのはオメガだけなこと。アルファは男女の性別に関係なく、オメガを身籠らせることができること。オメガは十歳から十三歳ごろに初めての発情を迎えることで確定し、以降は年に数回の頻度で発情期を迎えること。そのあいだは男女関係なく身籠ることができるが、発情期は最初の発情から十六年で終わり、普通の人に戻ること。

オメガ性を持つ者を「神子」と呼び大切にするリザニアールでは、だから十六は神聖な数だった。

セレンはもう一度望遠鏡を覗き、そっと胸を押さえた。

オメガでもなんでもない下働きのセレンにとって、アルファたちがやってくる二年に一度の祭りは、忙しく働かなければならないというだけの日だ。でも、今年は特別だった。

連れていかれるのは今年と、「神の夜」のない来年に成人する——十八歳になる神子たちだ。神殿で唯一仲のいい同い年の神子が、王都へと旅立ってしまうのだった。

来ないでくれればいい、と遠くの青い旗を見ていると、ジョウアが籠から肉を挟んだパンを取り出した。むしゃむしゃと食べながら、セレンにもお茶を渡してくれる。

礼を言って受け取ると、小さな目がじっとセレンを見つめた。

「おまえさんが、わしのあとを継いでくれるといいんじゃが」

「ありがとうジョウア。でも、鐘を鳴らすのも見張りも大事な役目だもの、僕には任せてもらえないよ」

「セレンはいい子じゃ。やればできるとも」

「……神官長が、お許しにならないよ」

笑ってお茶を飲み干し、セレンは彼に背を向けた。

「明日また来るね」

ジョウアからの別れの挨拶はいつもない。セレンは階段を下り、外に出てから塔を見上げた。

毎日ひとりの時間が長いジョウアもきっと寂しいのだと思う。でも、彼が望んでくれても、セレンは鐘係になることはできない。鐘係どころか、どんな仕事にもつくことはできない。神殿の下働き以外には。

ジョウアは知らないけれど――セレンは生まれてはいけなかった、罪の子なのだ。

祭りの準備で華やぐ町を、セレンは来たときよりも俯いて引き返す。

町の人々は、セレンに気づいても声はかけない。事情を知る者は少ないが、セレンが神官長に好かれていないことは、みんな知っているのだった。

イリュシアの住人は、元は神子だった人間が多い。大切に育まれた神子はたいてい優しい性格だから、この町の人たちは穏やかで思いやりに満ちているけれど、それでもセレンはいないもののように扱われる。余計な争いを生まないように。過去の過ちが消えるまで、そっと蓋をしておくように。

息をひそめて町を抜け、神殿の裏口へと回る。いくつもの建物がつらなった巨大な神殿は、礼拝を行う表は豪華でも、裏は使用人たちが使うだけだから、質素な造りだ。客人を迎える大広間や祈りの間を飾るのに忙しく、皆が出払った建物の中は静かだった。

セレンもこのあとは掃除に洗濯、料理の手伝いと、仕事はたくさんある。特にセレンをこき使う料理長は、目が悪いこともあっていつも機嫌が悪い。料理の手伝いだけでなく、目にいいお茶を作ったり、疲れた身体をマッサージしたりするのも、セレンの役目だった。

急がなければ、と掃除用具を取りに物置へと向かうと、建物の端にくり抜かれた硝子《ガラス》のない窓から、神子がひとり、身を乗り出しているのが見えた。ヨシュアだ。

窓の外には斜めに配達鞄《かばん》をかけた青年がいて、セレンに気づくとはずかしげに目礼した。郵便配達をしているナイードだ。ヨシュアはそれでやっと振り返る。

「セレン！　おかえり。鐘の塔へお使いだったんでしょう」

「うん」

ヨシュアは神子の中でも一番と言われるほど美しい。白に金糸の刺繍《ししゅう》を施した神子服がよく似合う、日焼けしていない肌。ゆるく巻いた黒髪、ほんのり色づいた桃色の頬に、うるんで大きな青みがかった瞳。小さな唇は淡い薔薇《ばら》の色で、神殿では誰もが、ヨシュアというと朝早くにそっと花弁をひらく薔薇を連想するのだった。

「セレンは塔が好きだもんね。今日は遠くまで見えた？」

にこにこと聞きながら、ヨシュアはナイードと手を握りあったままだ。微笑《ほほえ》ましさとかすかな痛みを覚えながら、セレンは二人のつないだ手を見つめた。

「見えたよ、北の山まで。……首都から、こちらにいらっしゃるアルファ様たちの一団も、旗がちょっとだけ見えた」

「――明日、来るんだもんね」

たちまちヨシュアの顔がくもる。

「僕はアルファの子供を産むなんていや」

セレンと同じく今年十八歳のヨシュアは、明日王子たちがやってくれば、王宮の神子殿におさめるべく連れていかれる。そうして、神子の機能を失うまでは戻ってこられない。

「神子になんか生まれたくなかった。行きたくない」

「王宮に行っても、アルファの方と結ばれない神子もいるよ」

「そんなの、向こうの気持ち次第じゃないか。僕のオメガ性が終わるまではあと十年なんだよ。十年も離れてるなんてできない。それに――子供を産むなら、絶対ナイードとがいい」

ヨシュアはぎゅっと恋人の手を握った。

アルファはオメガとでなければ子供を作れないが、オメガは第二性別を持たない普通の人と子供をもうけることもできる。ナイードは複雑な表情でヨシュアを見つめた。

「神子が逃げるのは大罪だ。きみに罪を犯させるのはいやだよ。――僕は十年でも、二十年でも待っている。神子の役割を終えたら、僕のところに帰ってきてくれればいいんだ」

「でもそれじゃ、僕はあなたの子は産めないもの」

ヨシュアは小さな子供みたいにいやいやと首を振った。

「僕が好きなのはナイードなんだよ。ほかの誰でもなくて、ナイードだけ……大好きなんだ」

今にも窓から落ちてしまいそうに身を乗り出すヨシュアを、ナイードは抱きしめた。

「僕もきみが好きだ、ヨシュア。好きなのに、なにもしてあげられなくてすまない」

「……ナイード」

ヨシュアはナイードの肩先に顔を埋めてすすり泣いている。

「でも、必ず待ってる。子供がほしければ、身寄りのない子を引き取ればいい。僕はきみさえ一緒なら、それで十分なんだ」

「ナイード……」

「さあ、いい子だからお戻り。もうすぐお祈りの時間だろう？　配達をすませて、また夜に来るから」

「……ありがとう、ナイード」

せつなそうに恋人の手を離し、彼が離れていっても、ヨシュアは窓辺から動かなかった。

「ナイードと一緒にこの町を出て、二人で外国に行きたい」

「……ヨシュア」

「外国ではオメガ性でも、普通の人にまじって暮らせるんだって。神子だなんて呼ばれて神聖視されないかわりに、自由なんだよ。――僕はそういう国に行きたい」

哀願するような声に、セレンはかける言葉が見つからなかった。

二人が恋してしまったのは、半分は自分のせいだとセレンは思う。ヨシュアに頼まれた果実水をすぐに届けられなくて、心配した彼が探しにきたときに、二人は出会ったからだ。

ちょうどこの窓で、ヨシュアは郵便配達人のナイードと出会った。

使用人しか使わない廊下の外は、神殿に手紙や食料を届ける配達人が近道に使う小道がある。この窓はその小道から少し外れたところにあって、ナイードはたまたま、遅い食事を窓の下に座って取っていた。急いで隣町に向かわなければならず、焦っていた彼はパンを喉につまらせてむせていたところ、ヨシュアが水をあげて、仲良くなったらしい。

神子は神殿の外には出られない。外の世界を神官の教育でしか知らないヨシュアにとって、郵便配達人としてあちこちの村や町に行くナイードの話は、なによりも楽しく、憧れに満ちたものだった。ときにはセレンも一緒に聞かせてもらい、二人でわくわくしたりもした。だからヨシュアがナイードに恋してしまうのも、無理はなかったのだろう。

神官の誰かが知れば、激怒するだけではすまない恋だ。だが恋をしているヨシュアはいつも楽しそうで、今日はナイードと会えたとか、こんな話をしたとか、セレンにだけ打ち明けてくれていた。

もう誰もいない庭を眺める横顔は寂しげだけれど、強い意志も感じられて、羨ましいな、とセレンは思う。

セレンにとって「恋」は悪いものだけれど、互いを想《おも》いあうヨシュアたちを見ていると、尊い、かけがえのない気持ちのように思えるのだ。

それでも、セレンは生涯恋はしない、と決めていた。してはいけないと自分を戒める理由は、神聖で無垢《むく》なはずの神子が、盗人と結ばれて生まれた子がセレンだからだ。

母のアリアは金色の一の月のように美しい神子だったそうだ。だが王宮からの迎えが来るよりも前に、忍び込んだ盗賊によって誘拐され、彼と恋に落ちてしまった。

一度は神殿へと連れ戻されたものの、そのときにはすでにセレンを身籠っていた。母は父とともに脱走しようとしたが、計画は失敗に終わった。父は捕まり、処刑されたという。

母は存在しないものとして扱われ、一度も王たちの相手をすることもなく、神殿の奥深くに閉じ込められることになった。神官たちも決してその名を口にしなかったそうだ。神子はアルファのための存在で、逃げ出すことも、もちろん誘拐することも大罪だ。守るための神殿に、みすみす賊の侵入を許したとなれば、神官たちも罪に問われかねない。

誘拐されたこと、神子なのに恋に落ちたこと、挙句に身籠り、脱走を図ったこと。母は何重にも罪が重なった、厄介な存在になってしまったのだ。そうして失意のまま、セレンを産んだ。

当然、生まれてしまったセレンにも、神官の反応は冷たかった。唯一かばってくれたのは当時の神官長だけで、彼女のおかげでセレンは今も、雑用をこなす下働きとして、神殿に住み込んで働いているのだった。

「明日なんて来なければいいのに」

涙声でヨシュアは呟《つぶや》く。

「王宮に行ったらセレンとだって離れてしまうんだ。どんなに寂しくなっても、寂しいって言うこともできなくなっちゃう」

「僕も、ヨシュアがいなくなるのは寂しいよ」

セレンはそっと近づいてヨシュアの背中に手を添えた。

「神子様で仲良くしてくれるのはヨシュアくらいだもの。ヨシュアといろんな話ができなくなると、本当に寂しい」

「セレン」

振り返ったヨシュアはぎゅっと抱きついてくる。

「せめてセレンも一緒に行けたらいいのに」

「無理だよ、僕は神子じゃないもの」

「わかってるけど。一緒に行けたら、セレンが神官長にいじめられる心配もなくなるのにな」

「神官長は、僕が不出来だから気がかりなだけだよ。……大丈夫、慣れてる」

笑ったセレンの顔をヨシュアは見つめ、真剣な表情で額をくっつけた。

「忘れないでね。もしつらい日があっても、僕はセレンが大好き」

「――僕もだよヨシュア。ありがとう」

ヨシュアはセレンの生まれの秘密を知らない。ほかの神子たちも知らないが、神官たち、とくに神官長がセレンにはつらくあたるので、どことなく敬遠する雰囲気がある。ヨシュアだけがなぜかセレンを気に入って、仲良くしてくれた。

明るく美しいヨシュアの存在に、どれだけ助けてもらったかわからない。慣れているつもりでも、申し訳なさを抱えたまま、俯いて生きるのが苦しい日もある。明後日、ヨシュアが王子たちと首都に向かえば、そういう苦しい日も、ひとりで耐えることになるのだ。

「ヨシュアも、覚えててね。僕はここから出られないけど、いつでもヨシュアの役に立てたらいいって思ってるよ」

「離れてても、セレンが応援してくれるって思ったら、きっと頑張れるね」

ふふ、とようやく笑って、ヨシュアは窓辺を離れた。これから彼は、一日に五度ある祈りの時間だ。またあとでね、と手を振ってくれるヨシュアを見送って、セレンも雑巾と水桶《みずおけ》を取り出した。

友達と呼べるヨシュアがいなくなるのは寂しいが、仕事があって、住む場所があるのは幸せなことだ。罪の子なのだから、町の外に捨てられてもおかしくなかったのに、当時の神官長が仕事を与えてくれて、今もこうして神殿にいられる。

迷惑をかけた母の分も、働いて恩返しをするのが、セレンのつとめだ。神子には神子のつとめがあるように、自分のやれることをして、できるだけ役に立ちたかった。

役に立つ以外、セレンには価値がなく、生きている許しは得られないと思うから。

掃除用具を手に、ぱたぱたと神殿の廊下を進む。中庭のひとつに面した、神子や神官たちが普段使うあたりが、セレンが掃除を受け持つ区画だった。休憩部屋や図書室などが並ぶ廊下を、水に浸した雑巾をぎゅっと絞って、膝をついて拭く。

黙々と拭き進めていくと、近くの部屋で休憩している神官たちが、セレンに気づいたようだった。気温が高いリザニアールは、建物の中の部屋には扉がない。布をさげたり衝立《ついたて》で戸口を仕切るのだが、暑い日にはそれも取り払われるから、部屋から廊下がよく見えるのだ。

もちろん、下働きのセレンが部屋の中を見るような真似《まね》はできない。ひたすら下を向いて自分の仕事をするだけだ。

「あの子がせめてオメガだったらねえ。今年はまた一段と神子が少ないから、明日は絶対、王族の方々がご不満を言うわ」

お茶を傾けながら誰かが言うと、「やめなさい」と年かさの女性がたしなめる。

「オメガだとして、差し出せるわけがないじゃないの。盗人の子なのよ。アリアは本当に美しい神子だったのに……セレンは一般人で幸いだったわ。うっかりオメガだったら、また隠さなくちゃならないところよ」

憤然と言う神官の声に、セレンは唇を噛《か》んだ。なにも考えないようにして、力を入れて床を磨く。でも、声は聞こえてしまう。

セレンの黒い髪も黒い目も、リザニアールでは一般的だ。顔立ちは母のアリアに似ているらしい。だからオメガ性を持っているのではないか、と考える神官たちもいたことを、セレンも知っていた。

でももうセレンは十八だ。初めての発情は遅くても十四歳までには来るのだから、オメガではありえない。

「罪の子だなんて、黙っておけばわからないわ。市井《しせい》で生まれた子だと言えばすむじゃないの。アリアみたいに華やかではないけれど、セレンだって清楚《せいそ》で、ああいうのが好きなお方も多いでしょう。ひとりでも多く神子を差し出せば、それだけ神殿の力だって増すのに」

最初に発言した神官は残念そうだった。

「たった六人じゃ、私たちの報酬だって六人分よ」

本当です、と別のひとりも同意した。神官たちも皆が同じ考えではないのだ。神官になるには厳格な決まりがあって、婚姻中の者、子供がある者はつとめられない。自らの子を特別に贔《ひい》屓《き》するような不正を防ぐためだ。それでも同じ神殿の中で過ごせばお気に入りの神子ができて、その子を次の王の母にしたいと願う者もいる。出世や名誉には興味がないが、神子を王宮に渡すことで神官が得られる褒美が、なによりも楽しみという者もいる。

「だめよ、セレンは顔立ちだけはアリアに似ているもの、王宮で気づかれたらどうするの」

「他人の空似ということだってあるでしょう」

むきになったように言いあいはじめたのをとめたのは、神官長テアーズの冷たい声だった。

「いい加減にしろ。あれがもしオメガだったなら、おまえは自分の贅沢《ぜいたく》のために、王族に罪の子を差し出すのか？　まかり間違えば罪人の子が、次の王になるかもしれないのに？」

普段よりも低いテアーズの声に、神官たちが気まずく黙り込む。

「あれが神子でなかったのは僥倖《ぎょうこう》だな。こんな性根の腐った神官ばかりでは、罪に罪を重ねるところだった。私は神に仕える者として、悪に加担することは決してせぬ。おまえたちも、少なくとも私が神官長であるあいだは、清廉に職務につとめてもらう」

「……申し訳ございません」

「前任の神官長殿がお優しすぎたのがいけないんだ。身籠ったアリアを殺してしまえば、我々が頭を悩ませる必要もなかった。そうだろう？」

「――さようでございます」

神官たちは怒りを買いたくないのだろう、揃《そろ》って頭を下げたようだった。

「アルファ方のもてなしは、心を込めて行えばよい。幸い今回は、人数は少ないが美しい神子が揃っている。ヨシュアもサヴァンもみごとなものだ。十分に気に入っていただけよう」

「そうでございますね。六人とも、十日前から念入りに準備しておりますし、当日は今までにないほど美しく装わせて、アルファ様をおもてなしいたしましょう」

テアーズと親しい神官がにこやかに応じ、彼らは話しながら部屋から出てくる。神官たちも元はオメガだった者ばかりだから、皆容姿は美しい。中でも神官長は硬く冷ややかな美貌の男性で、セレンは一瞥《いちべつ》されて頭を下げた。

「セレン。明日には大切な客人が来る。おまえは余計な口をきかず、目立たないようにしておきなさい」

「はい」

「それと、今私たちの話を盗み聞きしていたね」

「……っ、そんなことは」

「盗人のような真似はつつしみなさい。おまえは神子ではないが、神殿で働いている身だ。常に正しく、清らかに。さもしいことはしないように」

「――はい」

「先代の神官長がせっかく温情をほどこしたのだから、感謝して過ごしなさい」

そう言ってテアーズは、水桶を蹴った。汚れた水が清めたばかりの床に広がって、セレンはいっそう深く俯いた。

ぬかずくようにしてテアーズたちが立ち去るのを待って、こぼれた水を拭いた。もう一度水を汲《く》み、綺麗に磨き直して、裏の水汲み場へ行き、毎日の仕事でひび割れた手で雑巾を洗う。掃除が終われば厨房《ちゅうぼう》の手伝いをし、あいまに洗濯物の片付けや、建物の修理の手伝いもする。

休む暇はないのだから、傷つく暇もない、とセレンは自分に言い聞かせた。

役に立たなければ。

神官長が、セレンを疎《うと》ましく思っているのはわかっている。罪の子など厄介なのに、町の外に出したら秘密が漏れるかもしれないから、仕方なく神殿に置いているのだ。だからああして、言わなくてもいい注意を繰り返し、ときにはいやがらせもする。

けれど、どうしても目障りなら殺してしまえばいいはずで、そうしないでここに置いてもらえるのはありがたいことだとセレンは思う。

生涯この町で、人に尽くして暮らすのをいやだと思ったことはない。むしろ仕事をもらえて幸運だと思う。でも――ときどき、たまらなく不安になることがあった。

一番仲良しのヨシュアには恋人がいる。神子のつとめを終えて戻ってこられたら、ヨシュアはこの町を出るだろう。唯一親しみを示してくれる鐘係のジョウアはもう高齢だから、きっと自分より先に死んでしまう。

二人がいなくなったら、セレンの親しい人はもういない。ひとりきりの寂しさが、ずっとずっと続くのだ。セレンはその孤独が怖かった。

どんなに役に立っても、この町では感謝されることも、人と親しくなることもできない。忘れ去られたようにひっそりと、俯いたままで生きていくのかと思うと、寂しさと不安で眠れない夜がある。

傷ついたそんな夜に抱きしめてくれる人がいたら、どんなにほっとするだろう。

もちろんそれは、罪の子である自分が望んではいけないことだ。恋をして、母のように迷惑をかけるなんて絶対だめだ。でももし、一晩でも寄り添ってくれる人がいれば……ひとときでも恋人にするように唇を重ね、愛してもらえたら、その記憶を胸に生きていくこともできるのではないか。

ずっと一緒にいたいだなんて、多くは望まない。心の中で想うだけでも、愛する人がいてくれたなら——と想像しかけ、セレンは頭をひとつ振った。

(そんな人いないのに、考えても仕方ない)

特別に優しくしてくれるような人は、ぼんやりとも思い描けなかった。だからこそ、とセレンは自分に言い聞かせる。

役に立つしかないのだ。不安も寂しさも、紛らわす術《すべ》はそれしかない。

翌日、二人の王子とその従兄弟《いとこ》や従者たちは、ジョウアの予想どおり、昼よりもだいぶ前、二度目の祈りの最中に到着した。

例年なら一行の到着は午後二時ごろだ。それにあわせて準備をしていたテアーズ神官長は殺気立っていた。万端の備えで迎えるはずが予定どおりにならなかっただけでなく、大切な祈りの時間を狙ったように到着したことが、よほど気に障ったらしい。下働きはことごとく怒鳴られて、セレンも指示を受けるときに反抗的な目をしたときつく叱られた上、中庭を囲む廊下の掃除を言いつけられた。昨日綺麗に磨いたところだ。

ほかの仕事もあるから、拭かなくていい回廊を掃除している場合ではない。しかし神官長に命じられた仕事をやらないわけにもいかなかった。

忙しく行き来する神官の邪魔にならないよう、できるだけ急いで布で拭き清めていく。

いつものこととはいえ、理不尽な怒られ方をしたときは心が苦い。それほど嫌われていると思えば心が沈み、顔を上げる気になれない。お情けで働かせてもらっているけれど、この神殿に、この町に必要のない人間なのだ、と言われているように思えてしまう。

（……だめだ。後ろ向きのことばっかり考えてないで、急がなきゃ。ヨシュアのほうがもっと悲しい気持ちでいるんだもの）

幼馴染《おさななじ》み と過ごせる時間もあとわずかだ。掃除を終えたら身支度を手伝って、励ましてあげなければ。

早くすませようと一心に磨いていると、数人の声が回廊に響いた。

目線だけ上げると、金色の髪をした若い男が、供を連れて歩いてくるところだった。紺色に美しい模様が刺繍された豪華な服に、セレンは慌てて端に寄ってひれ伏した。

金の髪の王子はレイ・バシレウスだ。現王の長子であり、次の王になる資格を一番に持つアルファ。堂々とした体躯《たいく》に長い金の髪、端整な顔立ちは一瞬でも目に焼きついた。

ただし彼は、悪評が絶えない厄介者だ。

「お待ちくださいレイ様！　本当に、こちらにはなにもございません！」

レイの後ろからついてくるテアーズは、珍しく焦った様子だった。

「使用人たちが行き来するだけの場所です。どうぞお戻りくださいませ」

「神官長が慌てるくらいだ、美しい女でも隠してるんだろう」

レイのほうは余裕たっぷりに、からかうように楽しげだった。語尾に高い笑い声が続き、「おっと」などと言ってたたらを踏む。殿下、と神官長は懇願した。

「お酒は部屋にお持ちいたします。お望みでしたら若い神官に酌をさせますから、宴までの数時間はそれでお許しくださいませ」

「いやだね」

服の裾が乱れるほど、レイの足取りはふらついていた。すでに酔っているらしい。左右に身体が揺れるのを、供の人間が支えている。粗暴で遊び歩いてばかりだという悪評そのままの、だらしない振る舞いだった。いくつもの足が通りすぎ、セレンがつめていた息を吐き出して顔を上げると、ちょうどテアーズがこちらを見た。

いらだっていた彼の顔が、みるみる険悪な表情になる。

「いつまでここの掃除をしている！　邪魔だ、下がりなさい」

ひそめた声で怒鳴りつけられ、セレンは身体を縮めて桶を手にした。神官長はいつも怖いが、今日は空気が違う。子供のころによくお仕置きをされたときのような、刺々《とげとげ》しい、攻撃的な気配がした。折檻《せっかん》はいやだ。棘のある植物を束ねた鞭《むち》で背中を打たれると何日も痛んで、ときには膿《う》んで熱が出てしまう。

邪魔にならないようそそくさと中庭におりかけたところで、「おい」と大声で呼ばれ、セレンはぎくりと竦《すく》んだ。瞬間つま先が敷石にひっかかり、あ、と思ったときには遅かった。みっともなく転んだ手から桶が舞い、汚れた水が撒《ま》き散らされる。

カラーン、と桶が転がる音が、凍りついた空気の中に響いた。

「おまえ……なんという無礼を！」

我に返った王子の供の人間が怒りつけて、セレンはびくっとして膝をつき直した。

「申し訳ありません……！」

「おまえは——っ、まったく、なにをやっているんだ！」

神官長が青ざめて、激しくセレンを叱責した。

「すぐに下がれ、役立たずが——よりによってこんな失態を……！」

蹴りつけたいが、アルファの前ではできないのか、テアーズの声はひどく震えていた。申し訳ありません、とセレンは繰り返して身を縮めた。恐怖と申し訳なさで心臓がどきどきする。次期王にもっとも近いだけでなく、横暴だと噂《うわさ》のレイ・バシレウスの前で、転んで汚い水をぶちまけるなんて――どんな処罰を受けなければいけないか、考えるのも恐ろしかった。

だが、

「そう怒るな、神官長。べつに水がかかったわけじゃない」

レイの声はただ面倒そうだった。おまえたちもうるさい、と供の者をたしなめると、中庭におりてくる。

「それより」

近づいてくる、と強張《こわば》った直後に、レイはセレンのすぐそばに膝をつき、顎を掴《つか》むと強引に上を向かせた。

「……っ」

「おまえに聞こう。神子以外でこの神殿で一番美しい者に、宴までのあいだ酌をさせたいんだが、誰が美しい？」

青い瞳が射抜くようだった。真夏の苛烈な空のような眩しい青。

酔っているとはとても思えない。不機嫌そうにも見えるその目からは、強い意志が感じられた。嫌われている厄介者という評判にそぐわない凛《りん》とした雰囲気に、セレンは一瞬見とれかけた。不躾《ぶしつけ》に見つめてしまったことにすぐ気づき、慌てて視線を逸《そ》らす。

「僕は……存じ上げません」

「知らない？　下ばかり向いているからだぞ」

王子はつまらなそうにセレンの顎から手を離した。かわりに腕を掴んで立ち上がらせると、頭ひとつ分高い位置から、覗き込むように見下ろしてくる。

「だから人の顔も知らないんだ。その上転ぶ。顔は上げて、前を見て歩け」

セレンは目を見ひらいて、なにも言えなかった。心臓が、経験したこともないほどばくばくと音をたてていた。

レイがこの町にやってくるのは二度目だが、前回は長旅で疲れたと言って歓迎の宴に参加せず、神官たちの顰蹙《ひんしゅく》をかっていた。だからセレンも、こうしてちゃんと彼を見るのは初めてだ。

眩しい青い瞳に、珍しい金色の髪がよく似合っている。紺色の服の上からもしなやかで鍛えられた身体なのが見てとれて、全身、隙のない美しさだった。ヨシュアがやわらかな花の美貌なら、この人はどこか硬質で強い綺麗さだ。いかにも王にふさわしい高貴さと厳しさをかねそなえているようで、少なくとも見るかぎり、噂のような人間には思えなかった。

そんな人が、セレンに向かって「顔は上げろ」などと言うなんて、信じられない。使用人は主人の前ではこうべを垂れておくものだ。

（……まるで、毎日僕が、下しか見てないのを知ってるみたい）

本当は俯いたままなのが苦しいのを、見抜かれたような気がした。

「なぜ黙っている。わかったか？」

「……は、はい」

ぐっと顔を近づけられ、セレンは咄嗟《とっさ》に頷《うなず》いた。よろめくように後退《あとずさ》ると、レイはつまらなそうに顔を背ける。

「興が削《そ》がれた。部屋に戻るぞ」

「お、お待ちくださいませ殿下！　勝手な行動は――」

声をあげた神官長は、思い出したようにセレンを振り返った。

「おまえはさっさと片付けろ！　……殿下、お待ちください。王子といえど、この神殿の中では、神官の案内なしに歩くことはお控えくださいとあれほど……」

レイはとりあわずどんどん去っていく。うんざり顔の供の者とテアーズも彼のあとを追っていくのを、セレンは半ば呆然《ぼうぜん》としたまま見送った。

今さらだけれど、声をかけられただけでなく触られてしまった。王子様なんて、普通は下働きに触ったりしないだろう。

(手……すごく大きくて……あったかかった)

あんな触られ方をしたのも、顔を上げろなんて言われるのも初めてだ。

レイはセレンが罪の子だなどとは思いもしないだろう。だから彼にとっては、おどおどされると却《かえ》って迷惑で鬱陶しい、というだけの意味でしかなかったただろうけれど。

でも、罰を受けても仕方のないあの状況で、あんな言い方をして、許してくれた。

(あの人が、この国の王子様なんだ)

レイが立ち去った方向を眺めてぼーっとしていたセレンは、料理人がセレンを探す声で我に返った。目の悪い料理長が怒鳴っている。

「セレン！　なにをもたもたしてるんだ、早くこっちを手伝え！」

「はい、すぐ参ります！」

叫んで返事して、急いで濡《ぬ》れた廊下を拭いた。それから厨房に飛んでいき、怒鳴られながら言いつけられた仕事を手伝う。

ばたばたと働いていると、宴のはじまる夕刻まではあっというまだった。セレンは一息つく暇もなく、控えの間で待っている神子たちのもとに向かった。

神子は揃って宴の間に移動し、居並ぶアルファたちに挨拶をして、酒をつぎ、一緒に食事をしてもてなすのだ。

宴は今年と来年で成人する、嫁げる年齢になった神子のお目通りも兼ねている。綺麗に着飾った神子たちは六人。そのうち五人はここイリュシアの町生まれで、残るひとりは町の外から数年前にやってきた、サヴァンという名の少年だった。

神子は元神子の親から生まれることが多いが、たまに第二性別を持たない普通の人間のあいだにも生まれることがある。彼らはオメガ性の証《あかし》である発情が訪れると、イリュシアの町に連れられてきて、神子の仲間入りを果たす。サヴァンもそうして神子になったのだが、小さいころから神子になってもいいよう教育を受けてきたほかの神子よりも、ずっと落ち着いているようだった。つんと顎を上げて、セレンに背中を見せる。

「どう？　どこもおかしくない？」

「はい。お綺麗です、サヴァン様」

サヴァンはにっこりした。小づくりな顔の中、ひときわ目立つ赤い唇は蠱惑《こわく》的で、長い睫毛《まつげ》は艶っぽい。身体つきも華奢《きゃしゃ》で、うすく透ける特別な服装に身を包んだところは、顔立ちの幼さと自信のある表情とあいまって、あやうい色香を放っていた。

ほかの四人の服もたしかめて、セレンは最後にヨシュアに目を向けた。輝かんばかりのサヴァンとは対照的に、清楚な薔薇のような容姿がしおれて見える。それでもなお、ヨシュアは美しかった。悲しみにうちひしがれた表情は、普段の彼を知らない者は緊張しきっているせいだと思うだろう。

(アルファの方たちも、励まして元気づけたいって思ってしまうんじゃないかな)

ヨシュアのためにもあまり目立たないといいけれど、と思いながら、そっと促した。

「ヨシュア様も、まいりましょう」

人前だから敬語を使うセレンにヨシュアはすがる目を向け、うなだれてほかの神子に続いた。

途中まで神子たちにつきそい、迎えの神官に引き渡すと、セレンは厨房に戻った。食事を運び、酒や果物などが足りなくならないよう、宴の間に控えて給仕をするのだ。

祝い事のときにしか使われない宴の間は、十六本の柱に囲まれている。香りのいい草を編んだ敷物を載せた大きな座台が並び、その上でアルファたちがすでにくつろいでいた。

ちょうど神子たちが入ってきたところで、アルファたちの前でお辞儀をし、座台に上がる。酒の入った小さな壺《つぼ》を持ち、ひとりひとりに挨拶をしながら盃《さかずき》にそそいでいくのだ。

アルファは全部で八人だった。真ん中に第一王子のレイが、その右隣には彼の弟であるエクエスが座っている。ほかはおそらく、彼らの従兄弟などだろう。金髪なのはレイだけで、ひどく浮いて見えた。リザニアール人はたいていが黒い髪なのだ。

弟のエクエスのほうは黒髪に黒い目のいかにもリザニアール人らしい外見で、がっしりとたくましく、堂々とした佇《たたず》まいだった。弟とはいっても、レイとは異母兄弟で、年は同じ二十二歳だ。二人とも年齢に見合って若々しいが、落ち着きはいかにもアルファらしいものがある。

ほかのアルファは二人よりもずっと年上だ。一昨年も来ていた顔ぶれで、好色だと神官たちが蔑んでいた人たちだった。

後ろの壁際に控えたセレンのところまで、彼らの声は聞こえてくる。

「今年は六人か。一昨年よりも減ってる」

「今は毎年四人から十人ほどしか出ないのだろう。……もう少しほしいところだが」

まだ若い神子たちを見る目つきは、セレンから見ても値踏みするかのようで、あまり気分はよくなかった。それでも、彼らも神子が自分の隣に来れば、礼儀正しく酒を受ける。

レイは今年は宴に参加しているものの、表情はそっけなかった。皆が目を奪われるサヴァンやヨシュアが挨拶をしても、ろくに返事もしない。一番礼儀正しく、誠実に見えるのは第二王子のエクエスだった。挨拶をする神子ひとりひとりに丁寧に声をかけ、緊張していた神子たちも、それで表情をゆるめるほどだった。

そのエクエスは、明らかにヨシュアを気に入った様子だった。ひととおりの挨拶が終わると、呼び寄せて隣に座らせる。ヨシュアは白い顔をして、俯いてエクエスの横につき、彼から杯を受け取った。

「なにを飲む？　酒でかまわないか？」

問われても、ヨシュアは返事をせずに俯くばかりだ。見かねて、セレンはそっと近寄った。

「果実水をどうぞ」

蜜瓜《みつうり》の果実水の入った瓶を渡すと、エクエスは受け取ってヨシュアの杯にそそぐ。そのあいだも、彼はじっとヨシュアを見つめていた。気に入られたのだ。

「きみは――本当に美しいな。ヨシュア、だったな」

ヨシュアはびくりと肩を揺らした。か細くはい、と答える声は今にも泣き出しそうにかすれている。

「よい名だ。……ここも美しい神殿だが、王宮でヨシュアが住まう神子殿も美しい。ほしければどんなものも揃えさせるから、私に言いなさい」

「……っ」

髪に触れてきたエクエスに、ヨシュアがたまりかねたように身を引いてしまう。露骨にいやがる態度にエクエスがさっと顔色を変え、セレンはついヨシュアの肩に手をかけてしまった。

「神子様。やはりお加減がよろしくないようでしたら、少しお休みになったほうが」

「――ヨシュアは具合が悪いのか」

エクエスはぐっと不満を飲み込んだ顔をする。

「はい、今朝からあまり……。大切なおもてなしだからと参加を決められたのですが……」

嘘《うそ》なんて、今まで一度もついたことがない。どぎまぎしながら必死にヨシュアを後ろに押しやると、エクエスは仕方なさそうに顎を引いた。アルファたちは神子に敬意を表して、神の庭にいる者に対しては、たとえそれが下働きでも乱暴にすることはない。

「では、休ませてやりなさい。明日は旅立つのだから、大事のないように」

「かしこまりました」

ほっとしてセレンはヨシュアを促した。足早に宴の間を出ると、ヨシュアが抱きついてくる。

「ごめんねセレン。ありがとう。僕、あとちょっとでお膳をひっくり返すとこだった」

「ヨシュア、たまにすごいことするもんね。……部屋に行ってて。今日もナイードが会いに来てくれるでしょう？　少しでも長く一緒にいられるといいね」

「……ほんとにありがとう」

神殿の表部分が終わる渡り廊下まで見送って、セレンは急いで引き返した。

たぶん神官の誰かには、ヨシュアが出ていくのを見られただろう。なにか聞かれたら、具合が悪いのだとうまく説明しなければ。

ぱたぱたと宴の間に駆け込み、できるだけさりげなく元いた位置に戻ろうとすると、ふいにレイ王子が立ち上がるのが見えた。

ぎょっとして周囲の人々が見守るなか、彼はまっすぐにセレンのもとにやってくる。驚いて立ち尽くしていたセレンは、腕を掴まれてびくりと震えた。

「つ、あ、あの」

「来い。酌をしろ」

「ぼ――僕は、神子ではありません。下働きで、給仕を」

「その神子をひとり、部屋に返しただろう。ただでさえ六人しかいない神子がたった五人だ。もてなせ」

横柄な口調で言い放ったレイは、青い瞳でセレンを一瞥した。

「まさか、命令に背くことはないな？」

「…………かしこまりました」

視界の端で、テアーズがものすごい形相をしているのが見えた。だがどうしようもない。セレンは腕を掴まれたまま座台に上がり、アルファと神子たちに凝視されながら、レイの横で膝をついた。

酒なんて、誰にもついだことはない。普段は気難しい料理長にお茶を淹《い》れるだけなのだ。まして相手がアルファとなれば、どうしても手が震える。こぼしそうになりながらどうにかそそぎ終えると、レイはあっさりと飲み干して、じろじろと見つめてきた。

「さっきのあの神子。ヨシュアとやらは、どこがどう具合が悪いんだ？」

あからさまに疑っている声音だった。どうしよう、と背筋が冷たくなる。アルファの相手をいやがったなんて知られたら、ヨシュアがどんな目にあうかわからない。

「……今朝から、おなかが痛いとおっしゃっていました」

視線から逃げるように俯くと、レイは低く笑った。

「腹が痛いのでは仕方ないな。明日は治るといいが」

「……一晩、よくおやすみいただけば、大丈夫だと思います、――っ」

言い終えるより早く顎に指がかかって、ぐいと上を向かされ、セレンは息を呑《の》んだ。レイは皮肉っぽく笑う。

「俯くな、と言ったはずだが。昼間廊下を磨いていた下働きだろう」

「――、は、い」

顎を持ち上げられたまま、セレンは視線を伏せた。夜の室内だというのに、レイの青い瞳の苛烈さは変わらない。ゆらめく火の輝きを受けていっそう強さを増したようで、とても見返せなかった。

レイは自分で酒をつぐ。

「嘘をつくのは苦手か」

「っ、うそ、だなんて、……っ」

否定しようとして、唇に杯をあてがわれ、思わずレイを窺《うかが》った。レイは飲め、というように杯を傾けてくる。とろりとした酒が唇に触れ、セレンは震えながら口を開けた。

「――っ、ん」

流れ込んでくる冷たい酒は、飲み込むとかっと喉を焼いた。初めて味わう感覚に、目の奥までちかちかと熱くなる。酒はさらにそそぎ込まれて、たらたらと口の端からこぼれた。それを、レイは親指で拭う。

「俺がいいというまで酌をしろ。嘘をついて神子を下がらせたことは、それで許してやる」

「か、しこまりました……っ」

言われたとおりにしなければと、必死で酒壺に手を伸ばすと、レイはその手も掴んだ。

「ずいぶん汚い手だ。皮が剝《む》けてる」

「……仕事を、していますので」

指をもてあそばれては酌はできない。やっと離してもらえて、そそごうとすればまた顔に触られ、セレンはどぎまぎと視線を下に向けた。レイの触り方が、よくない類なのはいやでもわかる。たぶん閨《ねや》での、愛を交わすときのような触り方であって、衆人環視の中でするようなものではない。しかしやめてほしいと言えるわけもなく、震えながら我慢するしかなかった。

苦労してついだ酒を、レイはまた一息に飲み干してしまう。そうしてからかうように、セレンに顔を近づけた。

「もっと近くに寄れ。しなだれかかって、媚《こび》を売ってみろ」

ぐいと肩まで抱かれ、とてもできない、とセレンは竦んだ。そこへ、眉をつり上げたテアーズが近づいてきた。

「レイ様。先ほどから見ておれば、このような冗談を——いくらなんでもお戯れがすぎます。今日の宴はアルファの方に、神殿で守ってきた神子をお披露目するものでございます。決して、好き勝手に相手をみつくろう席ではございません」

神官長の怒りはもっともだった。酒壺を握りしめたまま俯くと、近くにいるサヴァンもひどく不愉快そうな顔をしていて、いたたまれなかった。レイは大きなため息をつく。

「下を向くなと言っただろう。……名前はなんだ」

またも顎を掴んで上を向かされ、セレンは困って神官長とレイとを見比べた。テアーズは怒りの表情のまま無言で、セレンは仕方なく名乗った。

「セレンと、申します」

「いちいち直すのが面倒だ。ちゃんと顔を上げてろ。……神官長」

セレンの肩を抱く手は離さず、レイはテアーズを見上げた。

「明日はこのセレンも、神子と一緒に王宮に連れていく」

ざわりと、宴の間全体に動揺が走った。セレンも目を丸くしたが、テアーズにいたっては、怒りと驚きとで咄嗟には声も出ないようだった。拳を握りしめた彼は、若い王子を睨《にら》みつける。

「そのようなわがままを、王になられるお方が言うものではありますまい」

「おまえに説教をされる謂《いわ》れはないな、神官長。セレンは神子じゃないんだろう?」

「さようでございます。ですから――」

「ならば、バシレウスの名のつく俺が――王位の第一継承権を持つ俺が、神官に遠慮して命令を下せぬ相手ではない。神子ならおまえたちの管轄だが、ただの下働きは違う。おまえの許しはいらないはずだ」

「し、しかしそのような前例は、」

「前例がなくても、俺が命令だと言えば命令だ」

レイはそっけなく、しかし瞳には苛烈さをにじませて言い放った。気圧《けお》されたテアーズは唇を噛み、それから苦い顔で言った。

「その者は、気の利かない者でございます。神殿での下働きもろくにこなせず、いつも怒鳴られているような人間です。ご迷惑しかおかけいたしません」

「迷惑かどうかは俺が決める。さっきのヨシュアとかいう、美しい神子がいただろう。あれの世話を、セレンが慣れているようだから連れていくだけだ。それとも――神官長は、レイ・バシレウスの命令は聞けぬか？」

「…………滅相もございません」

テアーズは膝を折った。

第一王子に命令だ、と言われれば、神官長も従う以外にないのだ。神子も神官も大切にはされているが、身分が高いわけではない。それでも、長年神子を育てて送り出してきたテアーズは、簡単には屈しなかった。

「私はおとめいたしましたからな。その者がどのようなご不快な思いをさせようと、神の庭の責任ではないとご承知おきください」

慇懃《いんぎん》に告げると、手招きしてセレンを呼ぶ。セレンは思わずレイを見上げた。

俺の気がすむまで酌をしろ、と言われたのだ。もう大丈夫だろうか、と思ったのだが、レイは黙ってセレンの身体を放した。

慣れない事態にふらつきながら座台を下り、テアーズについて宴の間を出ると、神官長は冷たい顔をして見下ろした。

「神は結局、私に味方するのだな」

「……え？」

感慨深げな呟きの意味がわからず、思わず声が出てしまったが、テアーズはとりあわずに傲然と続けた。

「命令、と言われた以上は、おまえを神子の世話係として王宮にやらないわけにはいかない」

「――はい」

「だが誓ってもらう。くれぐれも出すぎた真似はしないこと。ご不興を買わないように、道に外れた行いはせず、レイ王子の命令にはすべて従うように」

「わかりました」

「それから、もちろんのことだが」

テアーズはきゅっと目を細めた。

「死にたくなければ、自分の出自は決して明らかにしないことだ。一言でももらせば、おまえの母の名誉も失われると思え」

「……はい」

「おまえは生まれるべきではなかった人間だ。今日まで神殿に置いてやった恩返しと思って、余計なことは言わず、新たな罪を犯さず、目立たないように過ごしなさい。――誓うな？」

「誓います」

セレンは跪《ひざまず》いて、テアーズの神官服の裾に口づけた。予想もしなかったことだけれど、いる場所が神殿でも王宮でも、セレンのすることには変わりない。どうしても行きたくないと言うだけの理由もないし、そんな権利もない。

「僕はどこでも……皆様のお役に立てれば、十分です」

「……ついて来なさい」

テアーズは深いため息をついて踵《きびす》を返す。足早に渡り廊下をすぎ、談話室のひとつにセレンを連れ込むと、衝立を広げて戸口をふさいだ。

「王宮に行くと決まったからには、おまえも知っておかねばならないことがある。今から話すことは、しっかり頭に入れておくように」

「……はい」

椅子に座ったテアーズは、置いてあった水差しから水を飲むと、冷静な口調に戻って説明をはじめた。

「まずはレイ王子のことだ。おまえも知ってのとおり、バシレウスの名がつく彼は現王の第一子で、王位継承権も一位だ。伝承にのっとれば、アルファには皆等しく王になる資格があるわけだが、順位を決めておかねば、いちいち揉《も》めることになる。今ならばアルファ性を持つ者は十一人、代によってはもっと人数が多いこともあるからだ。これはわかるな？」

「はい」

「現王ロワ・バシレウスは、はっきり言って無能だ」

背もたれに身体をあずけ、テアーズは言い放った。

「やる気もない。女好きなだけで見るべき能力もないが、唯一の取り柄は自分が無能だと知っていることだ。それで半年後には譲位すると決めた。順当にいけばレイ・バシレウスがそのまま王になるはずだが、彼は父に似てだめな人間だ。おまえにもわかるだろう。神の庭まで来て礼儀も守らず、女をはべらせて神官には尊大な態度。王宮でも素行の悪さに皆頭を悩ませているそうだからな。――王には、エクエス様のほうがふさわしい」

「……っ」

さすがに声が出そうになって、セレンは服を握りしめた。神官長といえど、一介の人間が口にしていい台詞《せりふ》ではない。青ざめたセレンを見て、テアーズは小馬鹿にしたように笑う。

「不敬だと思うか？　これはすべて王宮に勤める者たちから聞いたことで、誰もが裏では口にしていることなのだ。レイ王子は外見もあのように、リザニアール人らしくない。その上性格にも能力にも難があれば、王にならないでほしいと思うのが当たり前だろう。それに比べてエクエス様は、立派なリザニアール人そのものの見た目で、四代前の名君に瓜二つだと言われている。真面目で実直、王都では市場の改革や貴族たちの調整など、実務にその力を発揮しているそうだよ」

テアーズはもう一度水を飲み、少しだけ声を低めた。

「聞いた話では、王宮の中は荒れているそうだ。慣例どおり、王の嫡子でバシレウスの名を持つレイ王子が次期王になるべきだ、という一派と、その名前を譲らせて、エクエス様を王にすべきだという一派に分かれてしまったのだ。慣例で決まっているとはいえ、実際王になるには、王族や州侯で構成される長老議会の承認が必要だ。だがその議会でも、エクエス派が強くなっているようだ。ロワ王はすでに政治にはかかわっておらず、朝廷に参加しているのは王子たちだが、なにしろレイ王子は休んでばかりだそうだから無理もない。たぶん、紆余曲折《うよきょくせつ》はあっても、最終的に王になるのはエクエス様だろう。——状況は理解できたな？」

　セレンは黙って頷いた。テアーズはじろりとセレンを眺める。

「おまえは愚鈍だから、あちらでの振る舞いには十分気をつける必要があるが、どうせ行かねばならないのなら、せめて役に立つことをしてもらおう。レイ様とでなく、エクエス様と、神子たちがつつがなくつつがえるように手助けをするのだ」

「手助け……ですか？」

「アルファたちはつがう神子を選ぶのに、神子殿に通ってくる。そこでお茶や音楽を楽しんで、神子と交流を深めて、これぞという相手を選ぶのだ。エクエス様はサヴァンがお気に召した様子、サヴァンなら問題なくお相手をつとめられるだろう。エクエス様が神子殿にいらっしゃったときは、サヴァンとしっかり交流できるように、席の位置やほかの神子の配置に気を配るのだ。それくらいのことはできるな？」

「……はい。わかりました」

「ヨシュアはどうもやる気がないからな。サヴァンには頑張ってもらわなければ」

　そう言うとテアーズは立ち上がって手を振った。

「出発は明日の昼だ。それまでに自分の仕事はできるだけ片付けていきなさい。おまえがいなくなれば、誰かがおまえの仕事を肩代わりしなければならないんだ。迷惑をかけるのだから、最後くらいはしっかりやっていけ」

「かしこまりました」

膝を折って頭を下げ、セレンは部屋を出た。宴が続いているだろう広間には戻らず、厨房に下がって、鍋や食器を洗う。洗いものはいつもセレンの仕事なのだ。

傷がついて痛む手を水にひたしながら、どうして、と思わずにいられなかった。

どうしてテアーズはあんなことを言うのだろう。彼がサヴァンを気に入っているそぶりは感じたことがなかった。ほかの神官と違い、テアーズは誰にでも平等に厳しく、他人行儀だ。サヴァンに対しても例外ではなかったはずなのに——ヨシュアが退出したあと、エクエスの興味がサヴァンに移ったから、なんとしてでもつがわせたいのだろうか。

(エクエス様が王様になるとしても、つがうのはどうせ神子なんだし、誰が選ばれても、神官長にとっては同じ気がするけど……)

サヴァンが選ばれることで、なにかセレンの知らないいいことが、神の庭やテアーズにあるのかもしれない。あるいは、市井の出身であるサヴァンを贔屓にする神官はいないから、ほかの神子が選ばれたときのように、特定の神官が力を強める心配がない、ということかもしれなかった。

なんにしても、役に立て、と言われたのは嬉しかった。あんなふうにテアーズが個人的に話してくれたのも初めてで、頼まれた内容がヨシュアの不利になることもない。

（うまくいけば、ヨシュアが誰にも選ばれないで役目を終えて、帰ってくるようにできるかも）

自分が神子たちとともに王都に行くなんて、まだ実感が湧かない。けれどヨシュアと離れずにすむのは幸せだ。彼が寂しいときは、今までみたいに慰めることだってできる。

神殿にいるより役に立てるかも、と思うと、だんだん胸が高鳴ってきた。

（頑張ろう。今よりもっと役に立たなきゃ）

鐘係のジョウアに、しばらく町を離れる挨拶ができるといいと思いながら、鍋を磨くセレンの顔は、いつもより明るくなっていた。


五日かかってようやく砂漠を抜け、粗末な家の並ぶ村の中をさらに半日進むと、大きな街が見えてきた。リザニアールの王都だ。イリュシアからも見えた背後に連なる山々は、間近では高すぎてその頂を見ることもできないほどだった。

大通りを抜けた先には城壁で守られた王宮があり、門をくぐった馬車は王宮の奥深くまで進んだところでとまった。

従者たちにまじってロバに乗ってきたセレンも一緒に、神子たちは神子殿へと通された。

山を後ろに建てられた王宮の一角にある神子殿は、木々と花に溢《あふ》れた美しい庭の中にあり、十六角形を基にした緻密な幾何学模様で彩られた綺麗な建物だった。五十人ほどの神子が暮らす神子殿は十分に広く、セレンも小さいが一部屋を与えられることになった。

自分の部屋なんて、生まれて初めてだ。王宮の下働きにまじって働くのだと思っていたのに、予期しない待遇に戸惑ってしまう。

一夜明けてみれば言い渡された仕事は、神子たちの従者として、身の回りの細かい世話をするように、というものだった。食事や入浴の用意、着るものの用意というような、実際の仕事は王宮の使用人がやってくれる。セレンはそうした使用人と神子との、連絡係のようなものだった。

旅の疲れを癒《いや》すように、とだけ言われ、三日もほとんどなにもしないで過ごしたあと、新しくやってきたヨシュアたちを歓迎する催しを、王宮の神子たちがひらいてくれることになった。これでやっと少しは働ける、とセレンは思ったのだが。

「わあ、来てくれた！」

手に鸚鵡《おうむ》を乗せた神子が弾んだ声を出して、綺麗ね、と年上の神子が応じる。彼らの横ではサヴァンがおとなしい鹿の首を抱きしめていた。ロバに草をやって楽しげに笑う神子もいれば、日よけ傘の下でミントティーを飲む神子もいて、なごやかな空気が流れている。

神子殿には現在五十名以上の神子がいるはずだったが、歓迎の催しに参加しているのはその半分ほどだ。あと数年で役目を終える神子たちは、あまり余興には参加しないのだという。若い神子が多いせいか、あるいは監視役の神官がいないからか、神殿で見るよりも気さくで、打ち解けた雰囲気に見えた。

目立たないように隅のほうから彼らを眺めつつ、セレンは手持ち無沙汰だった。

飲み物を出すのは使用人たちがやってくれるし、動物を連れてきたのは、そういう係の者なのだろう、扱いに長《た》けた中年の男性だった。精悍《せいかん》な見た目で背が高く、神子たちにはごく丁寧に接する。動物たちはよく馴らされていて大人しく、神子たちが怪我《けが》するようなこともなかった。おかげでセレンのやることがなにもない。

（これじゃ、誰かの役に立つどころか、ただの余り者だ……）

与えられた真新しい服はほかの使用人とお揃いの、ねずみ色でごく地味なものだが、神殿で着ていた古着よりはずっと着心地がいい。神殿を出てからは旅のあいだも客のような扱いで、なんの仕事もなかったから、傷だらけだった手も癒えてきていた。飲み物も、神子たちと同じものがセレンの分まで用意されていて、けれど口をつける勇気はなかった。

「セレン！　セレンもこっちに来て撫でてみたら」

うさぎを抱いたヨシュアが振り返る。行きたくないと落ち込んでいた彼も、セレンが一緒だと知るとだいぶ元気を取り戻していて、今日は可愛い動物のおかげで顔色もよかった。とりあえず彼の心の支えくらいにはなっていると感じられるのはほっとする。セレンは王宮の使用人たちの目を気にしつつ、ヨシュアに歩み寄った。

「ふわふわで可愛いですね」

「お望みでしたら、いつでも好きな動物と遊ぶことができますよ」

鷹を腕に乗せた係の男が、穏やかな声をかけてくる。本当、とヨシュアが声を弾ませた。

「また撫でさせてもらえる？」

「もちろんです。神子殿の皆様が退屈しないようにと……エクエス様のお言いつけです」

「エクエス様って優しい方なんだね」

「ええそうよ。エクエス様はよく、珍しい果物や綺麗な布地や宝石なんかも、神子殿宛に差し入れてくださるの」

以前から神子殿で過ごす女性が、ヨシュアを見てにっこりした。ほら見て、と編んだ長い髪についた飾りを見せてくれる。

「私のこの珊瑚《さんご》の飾りも、あっちの子の綺麗な帯も、エクエス様にいただいたのよ。神子殿のみんなが使える憩いの間の、大きな花瓶や衝立も、エクエス様がくださったの」

「なかなかお越しになれないから、そのかわりにって贈り物をしてくれるんだよ。エクエス様は神子殿の主であるミリア王妃の息子だから、いつも僕たちのことを気にかけてくださるよ」

「ああ、レイ様とエクエス様は、お母様が違うんですよね」

「そう。レイ様の母上だった神子は、もうお亡くなりだから」

真っ白な服の袖を優雅にはためかせた先輩神子たちは、そこで寂しそうに顔を見あわせた。

「レイ様が全然いらしてくださらないから、エクエス様も遠慮なさってるんだよね」

「レイ様も、もう少しわたしたちのことを気にかけてくださるといいんだけど」

「レイ様が来ないと、エクエス様も来られないんですか？」

サヴァンが近づいてきて不思議そうに首をかしげる。それはそうよ、と先輩神子が頷いた。

「レイ様はレイ・バシレウス。第一王位継承者だもの、神子を選ぶ権利も一番にお持ちなの」

「でも、来られないってことは、ご希望の神子がいないか、選ぶ気がないんでしょう？　だったらエクエス様がいらしてもいいのに」

サヴァンが不満げに唇を尖《とが》らせた。

「エクエス様は真面目だから、お兄様に遠慮してるんだ。従兄《いとこ》のロンダス様や、王弟のワイカ様は、こっそり来て神子をお連れになったりするけど、レイ様は来ないしエクエス様も遠慮してあんまり来ないもんだから、ほかのアルファの方は来づらいんだよ。おかげで僕たちは、かつてないくらい暇なんだよね」

「ダニエルがいなかったら、退屈で死んでたかも」

名前を呼ばれた動物の係の男は、黙ったままかるく礼をした。先輩神子たちはため息をつく。

「正直言うと、僕はレイ様が怖いよ。侍女に手をつけたり、街までお忍びで出かけて、娼婦《しょうふ》を買ったりするんだって。大事な国の行事もエクエス様に押しつけて、自分はそうやって女性と遊び歩いてるような、自堕落な人なんだ。侍従に命令するときも、たまに会議に出ても、威圧的で横柄な態度らしいし」

「二年前に一度お茶会に来たときも、好みにあわない神子ばかりだ、こんなもので満足しろと言われるなんてアルファは不幸だ、なんて言ったのよ。失礼だわ」

「しかも途中で帰ってしまったんだ。可哀想に、相手をした神子は泣いてた」

どうやら神子殿でも、こんなにおおっぴらに悪口を言われるほど、レイ王子は評判がよくないらしい。口を挟むことはない使用人たちも、ダニエルという男も、聞き慣れているのか顔色ひとつ変えなかった。

ヨシュアがこっそり耳打ちしてくる。

「僕、すっごく幸運じゃない？　アルファの方に目をつけられる危険が少ないなんて……レイ様のおかげだね」

セレンは曖昧に微笑んだ。ヨシュアのことを思えば、神子とつがおうとするアルファが少ないのはいいことだ。でも、レイが悪口を言われているのは少し残念だった。

セレンには、レイがそんなに悪い人には思えない。たしかに口調は怖いし、あの強い光を宿した目は鋭くて、見つめられると動けない気がする。でも、自堕落で横暴というより、もっと凛として、なにか秘めた強いものがあるような、そういう印象だった。

（神殿に着くなり酔っ払ってたし、テアーズ様にも命令してたし……なのになんで、いやな人に感じないんだろう）

宴での触られ方だってなんだか変な感じで、いやな気がしてもいいはずだ。

あの目のせいだろうか、と青く輝く瞳を思い出して、セレンは胸を押さえた。思い出すと緊張したときのように、胸がわずかに痛む。

サヴァンはミントティーを手に取って、手近な椅子に腰掛けた。

「レイ様が、俺は神子を選ぶ気はないからほかの者は好きに選べって言ってくださったらいいのに。僕、エクエス様にお会いしたいな。宴のときによくしていただいたお礼もできてないし、神の庭に迎えに来てくださったアルファの方以外には、まだお会いしたこともないんだもの」

寂しげな顔で呟いたサヴァンは、思い出したようにセレンを見た。

「ねえ、おまえはレイ様にお会いしてないの？　わざわざレイ様のご命令でついてきたんだから、こっそり特別なご寵愛でも受けてるんじゃない？」

言われた途端、神子たちの視線がいっせいに集まって、セレンはいつものように俯いた。

五歳のころから働いているから、セレンの存在自体はどの神子もうっすらと知ってはいるだろう。けれど神の庭から王宮まで、ただの下働きがついてくるなんて前代未聞だ。いったいなぜなのかと、皆思っていたようだった。サヴァンが得意げに説明する。

「宴の席でね、なぜかレイ様がセレンを呼びつけて、酌をさせたんです。それで、神子の世話係として一緒に来いって命令して。神官長はそれはもうお怒りだったけど、第一王子の命令だもの、誰も逆らえなかった。……セレンは気に入られたのかもね？　よーく見たらひどい顔ってわけでもないしね、辛気臭いけど」

「サヴァン、セレンが悪いみたいな言い方しないで」

きゅっとセレンを抱き寄せて、ヨシュアが言い返した。

「セレンがなにかしたわけじゃなくて、王子が勝手にしたことでしょ。セレンだって不安に決まってるのに」

「そうね。私たちでもレイ様は怖いんだもの、下働きじゃあ、怖いに決まっているわ」

先輩神子のひとりがしみじみと言って、それで空気がほっとゆるんだ。サヴァンは面白くなさそうに肩をすくめた。

「僕だってセレンを責める気はないよ。ただ、どうせならレイ様がセレンに夢中になってくれれば、僕たちはほかのアルファの方々と、つとめが果たせるのになって思っただけ」

「――そうだ」

ヨシュアが急に、ぱっと顔を輝かせた。

「そうだよねサヴァン。僕、もしかしてレイ様がいやがらせしてるのかしら、なんて思ってしまったけど……レイ様は、セレンを好きになってしまったのかも」

「どうして？　下働きでしょう」

先輩神子は不思議そうな視線をセレンに向けた。俯いているセレンに目立つところはなにもない。神官長に疎まれていたのは周知の事実だし、王族の目にとまるとは思えないのだろう。

ヨシュアだけが得意そうに胸を張った。

「だって、セレンはとっても優しいもの。レイ様が好きになってもおかしくないと思うんです。……そうだったら素敵じゃない？」

ヨシュアは嬉《うれ》しそうにセレンの顔を覗き込み、うっとりと頬を染めた。

「誰だって、好きだなって思える人と、一緒にいたいものだもの」

夢見るようなヨシュアの声に、応じる神子はいなかった。みんなどことなく寂しげな顔になって、そっと目を伏せる。

どんなに大切にされていても、結局、神子はアルファのためのものだ。建物は神子殿と呼ばれているが、実質は後宮と変わらない。発情期が来ればアルファにその身体を差し出し、気に入られれば身籠るまで相手をするのだ。無理強いはされないとはいえ、選ぶのはアルファであって、神子が自分から相手を決めることはできない。

その立場を思い知らされたようにしんみりと黙り込んでしまった神子たちの中で、サヴァンだけが平然としていた。

「僕はアルファの方にいっぱい愛してもらうから平気。好きになっていただければ、妻にしていただくこともできるでしょ。実際、ミリア様はロワ王のお妃様《きさき》として、オメガじゃなくなってもずっと王宮に住まわれてるんだもの」

僕もあんなふうになりたいな、と無邪気に言うサヴァンに、先輩神子たちは視線をかわしあい、それから淡い微笑を浮かべた。

「そうだね、サヴァン。そんなふうに、みんななれるといいね」

到着して間もないサヴァンが、純粋に王宮で愛されることを夢みているのが微笑ましい、というふうだった。女性の神子がサヴァンの髪を撫でて、サヴァンはくすぐったそうな顔をする。険悪な空気にならなかったことにほっとして、セレンはヨシュアのために、飲み物を取ってこようと向きを変えた。

そこに、使用人がひとりやってきた。

「神子様方はそろそろ三度目のお祈りの時間でございます。それと――セレンというのはあなたですか」

困惑気味の目を向けられ、「はい」と頷くと、彼はため息をつきたそうな顔をした。

「レイ様が、夜はお部屋に来るようにとご命令です。迎えがまいりますので、そのつもりで」

ざわっとまた空気が揺れた。セレンはいたたまれない思いで視線を地面に落とす。

「ご命令ということは……その、絶対、ということですよね」

「はい。こういう気まぐれは、レイ様にはよくあることですので」

伝令係は同情まじりの声だった。神子様方はお支度を、と促され、神子たちは複雑な表情で建物の中に戻っていく。ヨシュアだけが残って、そっと手を握ってくれた。

「大丈夫？」

「――うん。きっと、なにかお話があるだけだと思う。ヨシュア、お祈りに遅れちゃうよ」

「行ってくるけど、またあとでね」

心配そうなヨシュアに手を振って、セレンはひとり俯いた。

呼び出されたことがいやだ、というわけじゃない。命令をいやがっても仕方がないし、神官長にもレイの不興は買わないようにと言い含められている。けれど、神子たちから憐《あわ》れむような目や、「なぜあいつが」というような視線を向けられると、身の置きどころがなかった。

第一継承権を持つとはいえ、人気がないのだからセレンでもあてがっておけ、と考えるサヴァンのような神子もいるが、レイ様が好き、という神子だっているかもしれないのだ。

「あなたはセレンというのですか」

声をかけられ、セレンは振り向いた。獣係のダニエルという男が、鸚鵡を籠に入れながら、こちらを見ていた。

「神子ではないのですね」

渋みのある声は低くて穏やかだ。リザニアール人ではないのか、変わった目の色をしていた。なぜ話しかけられたのかわからず、セレンは控えめに頷いた。

「さきほどサヴァン様がおっしゃったとおり、ただの下働きなんです。神子様たちのお世話のために、一緒に来ました」

「しかし、レイ王子の命令でここに来て、ご指名があったということは、王子がご執心、ということでしょう」

「きっと、そういうことじゃないと思います」

一介の下働き風情《ふぜい》が王子に気に入られるのが不愉快なのかもしれない。セレンは身を縮めて首を横に振った。

「気に入ってくださる理由がありませんから。たぶん、王宮での神子様のお世話で特別に気をつけることとか、そういうご指示があるんだと思います。それか――」

「それか？」

「もしかしたらレイ様は、僕に怒っていらっしゃるのかも。神殿で……その、失礼なことをしてしまったので」

改めて詫びをしろ、ということかもしれないと思うと、言いながら自分で納得できる気がした。もし怒られたらきちんとお詫びして、なんでも言うことを聞こう。

男はじっとセレンを見つめていたが、やがて「そうですか」と頷いた。

「不思議に思って聞いてしまいました。失礼を」

「いえ、失礼だなんて全然。それに、僕も使用人ですから、そんなに丁寧に話してくださらなくて大丈夫です」

神殿では怒鳴られるのが当たり前だったから、こんなふうに接されるとくすぐったい。

「ダニエルさんですよね。わからないことだらけなので、教えてもらえたら嬉しいです」

髭《ひげ》をたくわえた、いかにも頼り甲斐《がい》のありそうな男を見上げて、セレンは微笑んだ。

「これから、よろしくお願いいたします」

「……こちらこそ」

目元をゆるめて優しい顔をした男は、動物たちを連れて中庭を出ていく。それを見送って、セレンは自分に言い聞かせた。

王都に来るまでの道中も、神子殿に入ってからも、セレンはなにも働いていない。ただそこにいるだけで、心苦しいくらい役立たずだった。レイの呼び出しの理由がなんであっても、少しでも役に立てるようにしなければ。


夜、着替えをさせられ、連れていかれた部屋の中に入ると、レイはひとりで、籐《とう》の長椅子に身を投げ出し、酒を飲んでいた。セレンを見ると立ち上がり、来い、と呼ぶ。

部屋の奥には天蓋つきの寝台があって、彼が向かった先はそこだった。豪華な布が垂れ下がり、枕の上の壁にはくぼみがつけられて、花や美しい小瓶がいくつか飾られている。ほのかにただようのは甘く官能的な香の匂いだ。

まさか、と足をとめてしまったセレンに、レイは舌打ちして手を掴んだ。

「来いと言っただろう」

そのまま、引きずるようにして寝台の上に倒される。仰向《あおむ》けに、両手首を縫いつけるように押さえ込まれて、セレンは喉を鳴らした。

今日のレイは不機嫌な表情だった。烈《はげ》しいというより刺すような尖った空気をまとい、怯《おび》えたセレンを見下ろしてくる。

「今からおまえを抱く」

愛情があるとは思えない声で、レイは顔を近づけた。

「おまえに俺の寵愛をやろう。明日からは誰かに聞かれたら、自分は王子に愛されていると言え」

言うなり服をはだけられ、セレンは身を硬くした。普段着るものとは違い、羽織って前をかるくあわせ、帯を結ぶだけの服の下には、下着はいっさい着けさせてもらえなかった。レイの呼び出しがそういう意味だと、使用人たちが思い込んでいるせいだ、と思っていたけれど——これは。

「っ、僕は、神子ではありません」

露わになった胸に手を這わせられ、セレンは夜でも眩しいレイの目を見上げた。長い金の髪。

空よりも美しい青の瞳。雄々しさと美しさをかねそなえた、高い鼻梁や顎のかたち。こんなときでも、レイ・バシレウスは目を奪われるような魅力を放っている。

きっと神子だったなら――あるいはなんの罪もない人間だったなら、うっとりと酔いしれることができただろう。

「――ご寵愛をたまわるような、人間ではないんです」

「いやなのか？」

レイは薄く笑って思わせぶりに腹を撫でる。誰にも触れられたことのないへそのあたりを撫でられるのは、恐怖とくすぐったさを混ぜたような、なんともいえない感覚だった。さっと肌が粟立って、心臓が不規則に跳ねる。

「いや――というわけでは、ない、です」

不安はある。正しいことだとも思えない。でも。

「僕には、命令に逆らう権利はありません。それに……レイ様には、失礼なこともしてしまったし、宴の席ではお怒りになったのもわかってます。なので、僕でお役に立てるなら、なんでもいたします」

神官長に言われたからだけでなく、セレン自身が、レイに背こうという気持ちにはなれない。

（それに、僕は大事な身体ってわけじゃないもの）

普通の人にとっては特別な行為だが、使うあてがないのだから、レイが抱きたいと言うなら差し出すだけだ。

「こちらに来てから、仕事もほとんどありませんし……今日は、なんでもお言いつけどおりにしようと思って、こちらまで参りました」

「なるほど。詫びのつもりで抱かれる気か」

馬鹿にしたようにレイは唇の端を歪めた。

「控えめなのは使用人としては美徳だろうが、せめて明日からは少しは堂々と振る舞うんだな。下を向くな、と言ってやっただろう」

「――はい」

「この俺が気に入ってやったんだ。可愛がってやるんだから、喜んで抱かれておけ。なんなら神子たちに自慢すればよい」

レイの手は腹から股間へと動いた。かるく握られて、セレンは思わずびくりとした。自分でだって、トイレや入浴のときしか触らないところだ。なのにレイは、かたちをたしかめるように指を絡めつけ、ゆっくりしごいてくる。ぞわり、と未知の感覚が這い上り、セレンは無意識に膝を立てた。

「っ、本当の、ことを、言っていただいても平気です」

「本当のこと？」

「気に入ったとかじゃなくて……怒っているから、いやがらせとかでも、僕はかまいません」

敏感な股間のものは、こすられると内側がじくじくと疼くようだ。腫れたように感じられて、破けてしまいそうで怖かった。逃げたいのを必死でこらえると、レイはいらだたしげに舌打ちした。

「気に入ったからだ、と言っているだろう」

「でも……気に入っていただく理由が、……っ」

「理由などおまえには関係ない。俺が気に入ったと言えば、気に入ったんだ」

乱暴な口調で言い放ち、レイはセレンの脚に手をかけた。大きく左右にひらかせ、膝を高く持ち上げて、腰の下にクッションを押し込む。

「おまえはただ、俺の相手ができて光栄だと喜んでいればいい」

腰から下を突き出すような体勢に、セレンはかっと赤くなった。赤ん坊がおしめを替えるときのような、みっともない格好だ。裸の上半身を見せることだってはしたないことなのに、大股をひらいて、下半身をこんなふうに見られるだなんて。

閉じて隠したくてたまらないのに、レイは遠慮なく、割れ目の奥のすぼまりにまで触れてくる。反射的にひくりとつま先が上がり、セレンはきつく目を閉じた。ぐりぐりとすぼまりを押されるのが、怖くて恥ずかしくてたまらない。逃げたり、いやがるそぶりを見せたりはすまいと思うのに、どうしても竦んでしまう。

「使ったことはないか。ずいぶんきつく閉じているな」

面倒そうなため息が降ってきて、震える指先でシーツを握りしめた。

（いや、じゃない……全然、いやじゃない。役に立たなきゃ）

「申し訳ありません。……こういう、ことは経験がなくて。どのようにすればいいか、教えていただければ、いたします」

「教えて力が抜けるのか？　触っただけでびくつくようでは望み薄だ。性器も、しごいてやったのにろくに反応もしていない」

不機嫌に言ったレイは舌打ちまでして手を離し、セレンはこわごわと目を開けた。

「香油を使ってやる」

もしかしてやめるのだろうか、と思ったのだが、彼は枕の上の壁から小瓶を取って、中の液体をセレンの股間にふりかけた。とろりとした冷たい油で、焚《た》かれた香のようにスパイスと甘い匂いがまじっている。目眩《めまい》のしそうな香りが自分の腰からくゆり立ち、セレンは息苦しさに唇をひらいた。油はすぐに馴染んでぬるくなる。それがとろとろと、小さな袋周りやすぼまりのあたりになすりつけられたかと思うと、ぬっ……と指が入ってきた。

「――ッ、ん、……」

反射的に締めつけてしまっても、油の力を借りた指はなんなくセレンの体内に埋まってくる。内側の粘膜がこすられて、震えとも痺《しび》れともつかない感覚が、下腹部から胸まで広がっていく。指を咥《くわ》え込んだすぼまりは初めての異物にひくついて、前後に動かされると、苦しさと違和感でどうしても声が漏れた。

「……っ、ふ、……、ぁ……っ、ん、……っ」

ぬちゅぬちゅと粘ついた音が恥ずかしい。耐えきれずびくりと足が跳ね、レイはまた舌打ちした。

「行儀の悪い足だ」

「すみま、せ……っ、ひ、……ぅっ」

あげかけた悲鳴は口を押さえて押しとどめたが、衝撃で身体が反り返った。レイは動いてしまうセレンの足を掴むと、指先を口に入れたのだ。

(そんな……っどうして……、足、なんか、)

この部屋に来る前に、徹底的に綺麗にするよう言われて、身体のすみずみまで洗ったけれど、足指の股にまで舌が入ると、羞恥と申し訳なさで眼裏《まなうら》がちかちかした。手で揉まれ、舌で舐《な》められるとくすぐったいだけでなく、不安な感じがして力が抜けてしまう。やめてほしくて太ももまでびくついて、それでも離してもらえなくて、涙がにじみそうになる。

これはやっぱり、辱めではないだろうか。閨では身体を触りあったり口づけを交わしてつがうものだと、セレンだって知っているけれど、足を舐めるなんて聞いたことがない。

口を塞いで震えるセレンに、レイはにやりと笑った。

「なかなか淫らな身体じゃないか。舐められるのが好きか」

「っ、そんなことは、ありません……っぁ、……あっ」

「舐めてやったらここがそそり勃《た》ったぞ。不慣れだが、本性は好きものだな」

握られた屹立《きつりつ》ははじめよりさらに熱く感じられ、はっきりとかたちを変えていた。油をまぶされていやらしく光り、ぷるぷると左右に揺れる。これはいけない反応なのだろうか。

呆然と見つめるセレンの視線の先で、レイは指を二本揃えてすぼまりにあてがった。ぐっと押し込まれて下腹部が竦み、セレンは喉を反らした。

「んっ、……は、……んん……っ」

内側から触られると、前の勃ってしまったものに響くのが、今度はよくわかった。じん、と焼けるような感覚が伝わって、もどかしく身体がくねってしまう。雨季の寒い夜に、炎で暖められたときみたいな——深く染み込む熱さだ。

（これ……怖い）

レイの指はさっきよりも激しく出入りしている。ずちゅ、と押し上げられると一瞬意識が真っ白になり、ゆっくり引かれればため息が出て、勝手に尻が動く。長い指だ。そういえば、顎を掴まれたときも、あたたかくて力強い手だ、と思ったのだ。

あれが、あの指が、出たり入ったりしながら粘膜を刺激される——この感覚は。

「気持ちいいのだろう」

気持ちいいみたいだ、と思うのと同時に低く笑われ、ぼうっと身体中が燃えた。普通はこんなことで、気持ちよくなる人はいないのだろう。恥ずかしいことだ、と我慢しようとしても、ぐちゅぐちゅ続けざまにかき混ぜられると、どうしようもなく腰が浮いた。

「ん、――っ、は、……っ」

きゅんと甘酸っぱく強張って、ゆるゆる力が抜けていく。弱い目眩が襲ってきて、セレンは身体をくねらせながら荒い息をついた。太い二本の指が抜けていく。

「かるく極めたな。初めてのくせにこれだけ感度がよければ、突っ込んでやっても悦《よ》がるだろう」

目を細めたレイが服をくつろげ、己を取り出すのを、セレンはぼんやり見つめた。セレンの股間にあるのと同じものが、レイにもある。けれど、とても同じとは言えないほど、彼のものは大きかった。しっかりと太くて、張りつめた先端をしていて、長い。重たそうなそれがセレンの股間にこすりつけられ、ざわりと全身がおののいた。

「つ、むり、です、入らな、……っ、ぁ、……ぁ、ああっ」

本能的に逃げそうになったセレンをしっかり掴んで、レイは挿入してくる。香油をまとっているせいでなめらかに入るが、太さだけはどうしようもなかった。

「いっ、いた、……ひ、……んッ、い、んぅっ」

「竦むな。力を抜けと言っただろう」

ねじ込むように、レイは何度も揺すり上げた。そのたびにぐぐっと先端が中を穿《うが》ち、まるでくり抜かれていくかのようだった。掘削され、割り裂かれて、ばらばらにされてしまいそう。

「――ッ、ぃ、……っ、……ん、ン、う……っ」

痛みと熱で、閉じた視界が真っ赤だった。身体は強張っているのに手足に力が入らず、がくがくと揺れる。ひときわ強く穿たれると、腹が破けたみたいに苦しくて、すすり泣くような悲鳴が漏れた。

「きつすぎるな」

レイのほうも苦しげに声がかすれていて、彼はため息をつくと身体を倒した。びきびきと走る結合部の痛みにおののくセレンの顔を、なだめるように撫でてくる。

「少しのあいだ動かずにいてやる。舐めてやるから、感じろ」

耳元で囁《ささや》く声は、言葉ほど傲慢な調子ではなかった。むしろあやすような口ぶりで、レイは耳に口づける。ちゅ、ちゅ、と耳朶《みみたぶ》を吸われ、セレンはかすんだ目をまばたいた。

耳を唾液で濡らされると、もやもやとそこが熱くなる。もっと舐めてほしかった。もっと激しく舐め回してもらえたら――きっと気持ちいい。

(変だ……耳なんて、気持ちいいはずないのに……心臓までぞくぞくする)

「……っ、レイ、さ、ま」

懇願するように呼んでしまうと、レイはゆっくり耳朶を噛んだ。歯が食い込み、びぃん、と痺れが駆け抜ける。

「はっ……ぁ、……っ」

「おまえは本当に舐められるのが好きだな。かまわん、気持ちよくなってみろ」

囁きと一緒に舌が耳を這い回る。くちゅりと穴をくすぐられ、耳裏のくぼみを吸われて、手では胸を撫でられた。探り当てた乳首を転がすようにいじられると、ぴりりとした、痛みとは違う感覚が芽生えてくる。

「……ふ、……、ぁ、」

「胸も好きか？　尻がゆるんできた」

くりくりと捏《こ》ね回されると、胸を突き出したくなる。尻のすぼまりの中を触られたときのように、もどかしくて、むずむずする感じだ。耳を舐めながら優しく乳首をつまみ出され、自然、腰がくねった。

「ん、ぁっ……っく、ぅ、……あっ」

「馴染んだか？　自分から尻が振れるとは、やはり素質があるな」

レイはいくらかほっとしたように笑い、かるく腰を押しつけてくる。動かれればまだ痛い。

だが、もう痛いだけでもなかった。

「あ、……っは、ぁっ、……ん、……ぁっ」

じっくりとした動きで抜き差しされるのにあわせて、押し出されるように声が溢れる。麻痺《まひ》したように尻全体が痺れていて、そのくせ、太いレイを呑み込んだ身体の内側が、ひどく鮮明

に感じられた。自分の体内が全部襞《ひだ》になって、うねって、そこをレイにずぶずぶと突かれているみたいだった。苦しい。なのに、もっと突いてほしい。

「はぁっ、ん、……あっ、……ぅ、んっ、ふ、……ぁっ」

「とろけた顔になってきたな」

満足げに言ってもう一度耳に口づけたレイは、身体を起こすとセレンの腰を掴み直した。華奢なくびれに指が食い込み、狙いをつけて穿たれる。

「つぁ、あっ、ん、ぁあっ、……あ、——ッ」

痛みは増したが、同じだけ快感も噴き上がって、ぐらぐらと意識が揺れた。壊れる。こんなにずぶずぶ出し入れされて、痛くて、痺れて……中が、溶けてしまったみたいだ。

「ん、ぅっ、あっ、……つぁ、あ、あ……、あ、ぁ、」

このまま続いたら死んでしまう、と思う。けれどもう、怖いとか待ってとか、言うだけの余裕もなかった。思考すら続かず、ただ揺さぶられて、速くなる抽送を受けとめる。むずがゆいのにも似たもどかしさは渦を巻いて高まって、だめ、と思ったときには落ちていた。

「——っ、……っひ、……っ！」

深く深く、谷底に落ちていくような失墜感。身体をしならせて達したセレンの性器からはぽたぽたと精が出たが、それを自覚する余地さえなかった。レイは動きを速めて、セレンの中を使って極めた。

半ば以上意識を飛ばしたセレンがようやく身じろいだときには、レイのものはもう抜き取られていた。顔を覗き込んだレイが眉をひそめている。

「大丈夫か」

「――は、い。すみま、せ……」

不愉快そうなレイの表情にさっと心が冷たくなって、セレンはだるい身体を起こした。少しも上手にできた気がしなかった。途中からは「役に立つ」という使命感も忘れて、ただ翻弄され、されるがまま喘《あえ》いでいただけだ。

「終わりました、よね。すぐ、失礼いたします……っ」

ここはレイの寝台のはずだ。用がすめば、すぐに部屋を出ていかねばならない。そう思って寝台から足を下ろして、セレンはそのまま、ぺたんと座り込んだ。

下半身に、全然力が入らない。どうしようと顔を上げ、セレンはしわくちゃになったシーツに、べっとりと濡れたあとがあるのに気づいて青ざめた。

真っ白だったシーツは汚らしくなってしまっていて、とてもこのまま眠れそうにない。

「申し訳ありません！　片付けます」

そう言うものの、床に手をついても立つことができない。セレンは怒鳴られるのを覚悟して身を縮めた。

「すみません、本当に……ごめんなさい」

「いちいち謝るな、鬱陶しい。立てないのか」

「……っ、す、少し休めば、立てると思います」

「立てないんだな。たった一回で腰が抜けたか」

ため息をついたレイが寝台からおりてくる。手が伸ばされるのがわかって、セレンはぶたれる痛みを覚悟した。

けれど、レイの手は予想しないところに触れてきた。両腕の下、腋《わき》に手が差し込まれて、かるがると持ち上げられる。え？　と目を丸くしているうちに、左手が膝裏に回って、横抱きに抱え上げられてしまった。

「レ、レイ様？　あ、あの」

「うるさいな、おとなしくしていろ」

面倒そうに言いながら、レイは行儀悪く奥の衝立を足でよけ、別の部屋へとセレンを運んだ。表の部屋よりこぢんまりした部屋にはもうひとつ寝台があって、レイはそこにセレンをおろした。自分もさっさと上がって、横になる。

「こっちを向け。頭を上げて……そうだ、もう少しくっついてろ」

ぶっきらぼうに言った彼はセレンを腕の中に抱き込むと目を閉じて、セレンはよく理解できないままレイの顔を見つめた。まぶたが下りると睫毛が長いのがわかる。改めて、とても綺麗な顔立ちなのだ、と思うけれど。

「……あの。腰を抜かしてしまって、すみませんでした」

ここも寝台だ。一回で腰を抜かした、と不満そうだったから、あと何回かレイはああいう行為をするつもりだったのだろう。なにもせず横になったということは、今度はセレンが、なにかしなければならないのかもしれない。だが、あいにくやり方がわからない。

「僕は、なにをすればいいですか」

「なにも」

レイは目を閉じたままだ。そっけないのはきっとがっかりしたからだろう。

「僕、だめでしたでしょうか」

呟くように尋ねると、レイはうるさげに目を開けた。

「もともとたいして期待はしてない。どうせ初めてだろうとは思っていた」

「……淫らだって、レイ様が」

「そうだな。神子ならさぞ、重宝されただろう」

からかうように笑ったレイはまたまぶたを閉ざして、セレンを抱き寄せた。

「いいからもう眠れ。朝までおとなしくしているのがおまえのつとめだ」

「――、はい」

自分と一緒ではよく眠れないのではないだろうか、とセレンは思ったが、頷くしかなかった。声が不承不承に聞こえたのか、レイは低い笑い声をたてた。

「不満か。おまえはいつも怯えているからな、俺と寝るのでは怖くていやだろう」

「……」

怖くないです、とは言えなかった。怖いのは事実なのだ。さきほどまでされた行為を思い出しても、また同じことをしろと言われたら身体が竦む。どう振る舞えば不興を買わずにすむかわからないし、彼がなにを考えているかわからないから不安だ。

でも、それはレイの言う「怖い」とは少し違う気がする。

「好きなだけ怯えていればいい。朝まで我慢すれば褒美をやる」

そう言ったきり、レイは静かになった。深い呼吸が、密着した身体から伝わってくる。

(……レイ様、あったかい)

セレンは裸のままだから、彼の体温が染みとおるようだった。まぶたを閉ざしたレイの目元は、よく見ると疲れの陰が見えて、セレンはふと触れてみたくなった。やわらかそうなまぶたを、少しだけ触ってみたい。

じっと見ていると痛いように胸が疼いた。

レイの態度は一貫して、セレンを馬鹿にするかのようだった。愛する人にならするだろう唇への口づけも、甘い囁きもない。彼が皆の言うようなひどい人だとは思わないけれど、日頃から使用人にも手を出しているというから、セレンも同じく、暇つぶしかなにかなのだろう。

水桶をひっくり返したり、おどおどしていたり、そのくせ勝手に神子を下がらせたりするから、腹を立てて、ちょっといじめてやろうと思っただけなのだ。慣れている彼にとっては、とるにたらない、つまらないだけの一夜。

でも、セレンにとっては初めての、二度とないかもしれない夜だった。

痺れたように感覚のない下半身。触れあう肌のあたたかさ。罰を受けるか役に立つつもりだったのに、終わってみればまるで特別な思い出を与えてもらったかのようだ。一生忘れられはしないだろう。

明日の朝レイ様が起きたら、と考えているうちに、眠気が襲ってくる。

(起きたら、ご褒美はいりません、って言わなくちゃ……)

揺るぎない腕が自分の身体を包み込んでいるのが、レイにはその気はないと知っていても、守られているみたいで少し嬉しい。ただの勘違いで喜ばれてはレイも迷惑だろうが、褒美というなら、セレンはこれで十分だった。


朝、人の声で目覚めたとき、ひどく身体があたたかくて、気持ちがよかった。なんだか幸せな気分。どうしてだろう、とぼんやりしたセレンは、「なにを考えているのです!」という厳しい声ではっとした。

「王宮を抜け出して娼婦を買うような真似をやめたかと思えば今度は連れてきた下働き。どうしてこんなことばかりをなさるのです」

エクエスの声だ。それで記憶が蘇《よみがえ》って、セレンは顔が熱くなるのを感じた。

そうだ。昨晩は呼び出されて、レイに――神子のように抱かれたのだ。淫らだと言われて、舐められたりして、痛いのに気持ちがいい気がして……立てなくなって。

(レイ様と、一緒に寝たんだ)

「朝からうるさいぞ、エクエス」

セレンの身体に手を回したままのレイが、面倒そうに唸《うな》った。

「見ろ、セレンが起きてしまった」

するりとこめかみから髪を梳《す》かれる。じっとして、眠ったふりをしているつもりだったのに、気づかれていたらしい。レイは撫でるだけでなくこれみよがしに髪に口づけてきて、セレンは困って赤くなった。

こわごわ見れば、寝台のすぐ横に、緑色の服を着たエクエス王子が立っている。眉をつり上げた顔はどう見ても怒っている。

「人前で、そのようにふしだらな真似はやめていただきたい」

「人前じゃない、弟の前だ。だいたいそっちが呼んでもいないのに勝手に入ってきたんじゃないか。後朝《きぬぎぬ》のむつまじい時間くらい、遠慮してほしいものだ」

「……ふざけるのもいい加減にしてください兄上！　私だって、その者が神子ならば小言を言いに朝から来たりはしません。でもそれはただの下働きなのですよ？　わがままを言ってイリュシアの神官たちを困らせた挙句、神子とつがわず、下働きを抱くなど……！」

「今年の神子も気に入らんだけだ」

怒りに震えた弟の声など、レイはなんとも思っていないようだった。平然とセレンを撫で続け、幾度も額に口づけてくる。抱きしめた手は背中を這いまわり、そのせいで掛け布がずれて、セレンは身をよじった。

「あ、あの、……レイ様」

なにも着ていないのだ。エクエスにまで裸を見られるのは、さすがに恥ずかしい。

「いいんだ。エクエスは放っておけ」

「っ、でも、……っ」

きゅっと指が尻に食い込んで息を呑む。エクエスは「兄上」と震え声で呼んだ。

「いい加減にしてください」

「出ていけばいいだろう。見てのとおり、セレンには俺が手をつけたんだ。ちょうどいい、おまえからみんなに言ってくれ。彼のことは俺の寵愛を受けるものとして、丁重に扱えとな」

「せめてご自分で言ってください。それから、セレンには服を着てもらいます。もう朝です。私は彼に話がある」

「取るなよ、俺のだ」

「話があるだけです！　セレン、来い」

焦《じ》れたエクエスに呼ばれ、困ってレイを見る。彼はため息をついて抱きしめるのをやめた。

「出ていっていい。俺は寝る」

「兄上、寝ないで仕事をしてください！　……セレン、着替えたら来なさい。部屋の外にいる」

「かしこまりました」

レイは背中を向けて寝るかまえだった。セレンはエクエスが衝立の向こうに出ていくのを待って、寝台をおりた。一晩寝たおかげか、昨日のように足がふらつくことはない。そのかわり、レイを受け入れた尻には、まだ違和感があった。歩くとずきりと痛むが、我慢できないほどではなさそうだ。

（……まだ、レイ様が入っているみたい……）

本当に抱かれたのだ、と思うと顔が熱い。さっきまで抱きしめられていた身体にはレイの腕の感触が、髪には口づけられたぬくもりが、残っている気がする。気持ちがふわふわしているのは、目覚めたときの幸福感が——眠る前に感じた幸せが、まだ続いているからだ。

「服は衝立の向こうに用意してあるはずだ」

寝たと思っていたレイがそう言って、セレンは振り返った。なにか続きがあるかと思ったが、それきり黙ってしまうので、セレンは見えないとわかっていて頭を下げた。

「ありがとうございました。……失礼いたします」

レイにとっては気まぐれだろうが、はからずも、セレンの夢がひとつ叶《かな》ってしまった。

誰かに抱きしめられて眠ること。

昨日はべつに傷ついていたわけではないし、たとえ心の中に思い出として取っておくだけでも、レイは恐れ多い相手だ。まして彼が愛情から抱いてくれたわけではないのは承知している。

それでも――触れあって眠るのは、想像していた以上に幸せな心地だった。

好きでもなんでもない相手でも、優しくされて抱きしめられればあんなにあたたかいのだから、好きな人となら、手を握るだけでも幸せなのだろう。ヨシュアがいつもナイードの手を握っていたのもよくわかる。

分不相応な幸運に恵まれたことに改めて感謝しつつ、衝立からそっと覗くと、そちらは抱かれた寝台のある部屋だった。教えられたとおり、服は台の上に真新しいものが用意されていた。飾り気は少ないが綺麗な紺色だ。きっとこれが褒美なのだろう。受け取るのははばかられたが、ほかにないのでそれを着て、布で仕切られた入り口から外に出ると、脇の壁でエクエスが腕組みして待っていた。

視線でうながされ、ついていく。エクエスが向かったのは庭だった。

贅沢に緑が植えられた美しい庭には、日よけ傘の下に椅子とテーブルが用意されている。そのひとつに座り、エクエスはセレンを見つめた。

「念のための確認だが——兄がおまえに手をつけたというのは本当か？」

「……はい」

彼の前に立ったまま、セレンは恥ずかしく思いつつも頷いた。エクエスは疑わしげな表情だった。

「嘘をつくように言われたわけではないな？　その身体をひらいて、最後までしたんだな？」

「……どういうのを、最後までと言うのか、わかりませんけど、……した、と思います」

耳まで赤くなっているのが自分でもわかった。エクエスはセレンを眺めて、仕方なさそうにため息をついた。

「その様子ではしたのだろうな。……おまえを責める気はない。むしろ、不要な迷惑をかけたことは、弟として詫びたい」

「詫びだなんて、そんな、とんでもないです。僕はお役に立てれば十分ですから」

「困ったことがあればこのエクエスに相談しなさい。それと——寵愛と兄は言ったが、勘違いはしないように。いいな？」

念を押すようにエクエスは言い、セレンは頷いた。

「はい」

当然のことだ、とセレンも思う。自分が寵愛を受けるわけがない。でも、改めて言われると、少しだけ胸が痛んだ。今朝目が覚めたときは、人生で一番、幸せな気分だったのだ。

エクエスは長いため息をつく。

「まったく、兄上のやることは理解ができん」

朝だというのに、彼は疲れた様子だった。がっしりとたくましい身体を椅子に投げ出すようにして、頭痛でもするのか額を押さえている。

「僕は……昨日、お呼び出しを受けて、レイ様のお役に立てるならと思ったのですが、余計なことをしたでしょうか」

「ああ、いいんだ。レイ・バシレウスの命令を、おまえが断れるわけがないのはわかっている。……兄はいつもああして、わざと自堕落に振る舞うのだ」

エクエスは片手を上げた。見えない場所に控えていた侍従が、すばやく飲み物を持ってくる。硝子の杯に入っているのは、貴重な氷で冷たくしたミントティーだ。贅沢なそのお茶を当たり前のように飲んで、エクエスは言った。

「想像もできないだろうが、兄はあれで、子供のころは優秀だったのだ。勉強もできて身体も丈夫で、乗馬も剣術も、弓だってうまい。いずれは立派な王になると誰もが思っていたし、私だって誇らしかった。兄自身、よい王になるべく努力していたはずなんだ。……だがあるころを境に、わざと横柄な態度を取ったり、自堕落な振る舞いをするようになった。ひどい熱を出して寝込んだあとのことだ。人が変わってしまったようで、熱病の後遺症じゃないかと言うやつまでいたほどだ。王子としてやらねばならないことをことごとく放り出したかと思えば、可愛がっていた動物たちを全部手放したり——めちゃくちゃだった。誰が諫《いさ》めても言うことを聞かない。挙句に、王位など興味はない、おまえにくれてやると私に言ったんだ」

エクエスは立ったままのセレンに向かって、渋い顔をした。

「おまえもきっと、王宮の中で、私を王に、と推す人間たちがいるのは知っているだろう」

「……はい」

「だが誓って言うが、私が王位を望んだことはない。——いや、幼いころ、兄がまだちゃんと優秀だったころは、自分だって、と思ったこともあるさ。なにしろ誕生日が一日違いだ。私が先に生まれるかもしれなかったのだから、兄と自分を比べてしまうのも無理はないだろう？　私がだがレイは、私にとっても憧れるに足る、いい兄だった。すぐに立派な兄を支えていくほうがいい、と考えるようになった。……なのにあのざまだ」

深い、悩ましげなため息をエクエスはつく。

「私はレイがあのように、わざと評判を落とすような真似をするのは許せないのだ。使用人までが聞こえよがしに陰口を叩《たた》くんだ。おまえも聞いたことがあるだろう」

「それは——はい」

肯定していいものか迷いつつ頷いて、セレンはつけ加えた。

「僕には、レイ様が悪い方には見えません。変わった方だなとは思いますけど……」

「会って日の浅いおまえにはそうかもしれないな。だが振る舞いが褒められたものではないのは事実だ。兄は周りの人間が、私を王に推すようにしむけたいのだ。第一王子に資格なし、と全員が考えれば、禍根なく王位を譲れると思っているのだろう」

「レイ様は、王様になりたくないのでしょうか」

王は国で一番偉い人だ。なりたい人が多くて争いになってしまうから、わざわざアルファの中でも王位の継承順が決められているはずだった。

控えめに首をかしげると、エクエスは苦い表情でお茶をあおるように飲んだ。

「兄上はあの容姿だ。金髪に青い目など、遠い異国の人間のようだし、父にも母だった神子にも似ていない。それを悪く言う学者や長老もいるし……私の母のミリアが、兄上のことは好きではないのだ」

兄は慕っているのだがな、とエクエスはやるせなさそうに呟く。セレンはさらに首をかしげてしまった。

「レイ様が王様になるのを望まない方がいて、レイ様本人も王様になりたくないなら、レイ様がエクエス様に譲る、と言えばすむんじゃありませんか？」

「兄上を推す者もいないわけではないんだ。金の髪は吉兆だと言ってな。ミリア妃の……神子の権力が強まるのはいやだから、私を王にしたくない者もいる。父は慣例を破るのが嫌いで、今でも兄を後継だと思っている。単純に譲れば解決することではないから、レイはああして、自分にはその資格がない、と喧伝《けんでん》しているのだと思う。堂に入った態度だから、ときどき、わざとではなく素で振る舞っているだけかもしれん、と私でさえ思うが」

複雑そうな呟きをこぼして、エクエスは硝子の杯を置いた。

「とにかく、いろいろあって、兄上はあのように乱れた生活をしている。だが、私としては、兄のほうが王になるべきだと思う。わざと譲られた王位など不名誉だし、それでうまくいくとも思えんからな。そこでセレン」

「……はい」

「おまえには、私に協力してもらいたい」

「協力——ですか？」

もうレイの呼び出しには応じるな、と言われるとばかり思っていたセレンはびっくりしてしまった。

「兄が王宮の使用人を気に入るのは久しぶりだ。ふらふらと街に出かけて帰ってこないよりはだいぶましだからな、これがよい変化につながればいいと思っている。おまえには兄のそばにいて、できるかぎり、王子として正しい姿に戻っていただけるよう、協力してほしい。酒を過ごしそうなときにはとめたり、せめて週に一度は神子殿に行くように頼んでくれるか」

「それは——はい。僕が言って聞いてくださるかわかりませんが、やってみます」

エクエスだって王族でありアルファだ。命令されれば、なんでも聞くつもりだった。

「……でも、レイ様が、また僕を呼び出してくださるかどうかはわかりません」

「寵愛する、と自分で言ったくらいだ、遠からず呼び出すはずだ。兄は独り寝が嫌いなんだ」

困った人だ、と独り言をつけ加え、エクエスはセレンを見つめた。

「やってくれるな?」

きゅっと胸が熱くなった。

エクエスの目はまっすぐで、力強い声にも思いやりが溢れているように感じられた。なにより、こんなふうにちゃんと話して、頼んでもらえるのが嬉しい。王族の人たちなんて、もっと怖いのかと思っていたけれど——神官や神殿の料理長のほうが、ずっと恐ろしいくらいだ。

話してくれた内容は神官長から聞かされた話とはずいぶん違うけれど、テアーズに命じられたこととエクエスの命令に従うことは、大きく矛盾するわけではない。

(レイ様が神子殿に行かないと、エクエス様も神子殿には行きづらいみたいだし……テアーズ様が言ってた、エクエス様と神子がつがえるようにしろっていうのをちゃんとするためにも、レイ様に神子殿に行ってくださいって頼むのはいいことだよね)

「わかりました。やってみます」

エクエスは素直に頷いたセレンに、ほっとしたように笑みを見せた。

「おまえは性根もいいようだ。つらい役をさせることになるが、よろしく頼む」

「つらいだなんて、とんでもないです」

セレンは誇らしい気持ちで礼をしてエクエスの前から下がった。庭を出れば案内役の使用人がちゃんと待っていて、神子殿まで送り届けてくれる。

朝の涼しい空気は少しずつ薄れて、昼の暑さが漂いはじめていた。ずいぶん遅い時間まで寝ていたのだ、とようやく気づいて、セレンは歩きながら下腹を押さえた。

こんなに長々と眠ってしまったのは初めてだ。いつもなら明け方に起きるのに、あの行為はどんな大掃除より体力を使うらしい。

（……まだ、お尻が痛い）

エクエスと話しているあいだは意識しなかった痛みは、消えたわけではなかったようで、歩くにつれてだんだんとひどくなってくる。尻から腹までずきずきと響き、普通の速度で歩く案内役についていこうとすると、痛みのせいでぎこちない、おかしな歩き方になった。

ほどなく脂汗が噴き出すのがわかって、自分でも役に立てる、という高揚した気持ちもしぼんでしまった。

今夜もやれ、と言われたら、相当覚悟しないとできそうにない。エクエスは遠からず呼び出すはずだと言っていたけれど、本当に呼び出されたら――ちゃんとできるだろうか。

ふらつきながらもどうにか弱音を吐かずに神子殿まで戻り、ありがとうございます、と告げて中に入ると、すうっと気が遠くなった。幸い、やらなければならない仕事はない。少しだけ横にならせてもらおうと、広々した憩いの間の脇を通り過ぎようとすると、気づいたヨシュアが顔を上げた。

「セレン！　心配してたんだよ。なかなか帰ってこないから——その服」

駆け寄ってきたヨシュアは、真新しい紺色の服に目を丸くする。

「レイ様からいただいたの？」

「……う、うん」

服のことなんてすっかり忘れていた。それより、うずくまりたいくらい下半身がだるい。いつものようにヨシュアに笑い返すこともできなくて、彼はすぐに心配そうに顔をくもらせた。

「セレン、顔色が悪いよ。具合がよくないの？」

「ちょっと、おなかが痛くて」

浅い息まじりに答えるあいだに、近くにいた神子たちも寄ってくる。セレンの様子を見た先輩神子のひとりが、納得したように頷いた。

「セレンはもちろん、初めてだったものね。神子殿はいつでもお風呂に入れるようになってるの。そこで身体を洗っていらっしゃい。つらいと思うけれど、中も綺麗にしてね」

「中？」

ヨシュアはきょとんとしたけれど、セレンには意味がわかって、耳が熱くなった。

「わかりました。ありがとうございます」

「ひとりで大丈夫？」

「はい。……ヨシュア、またあとでね。少し休ませてもらうから」

「――うん」

心配そう見送ってくれるヨシュアの視線を感じながら、セレンはできるだけ急いで浴場を目指した。後ろで先輩神子が説明するのが聞こえてくる。

「レイ様はきっと、手加減してくださらなかったのよ。初めてだったり、慣れていないときは、つがうのは痛かったり、翌日にもだるさが残ったりするのよ」

「神子でも？」

「神子でもよ。私たちは発情期もあるから、慣れれば大丈夫になるけれど――あの子は神子でもなくて、きっと初めてだって、レイ様もわかっていたはずなのに」

彼女の口調はレイを責めるようだった。ひどい、と誰かが漏らして、セレンは聞かないようにして廊下を急いだ。

ひどかった、とは思わない。それこそ神子でもないのだから、大切にしてもらう権利はないのだ。レイは強引に、何回でも、好きなだけあの行為をすることだってできた。でもそうしなかったのだから――セレンにとっては、十分優しくしてもらった部類だ。

綺麗で広い浴場は、昼前の時間に人がいるはずもなく、それなのにたっぷりと浴槽にお湯が張られていた。泳げそうなほど広い大理石の浴槽からお湯を汲み、おそるおそる股間に手をさしこめば、すぼまりのまわりはべとべとと汚れていた。痛みをこらえて左右にひらくと、どろり、となにか出てくる。

セレンは息をつめて、汚れた場所を洗った。

（レイ様は、優しかった）

そのことだけは間違いないと自分に言い聞かせる。

不遜かもしれないけれど、神官長の言うことも、エクエスの言うことも、セレンには少しずつ違っている気がする。自分の見ている、感じたレイの人柄とずれている気がするのだ。

たしかに神官長の言うとおり、レイを王にしたくない人はいるのだろう。エクエスの言うとおり、レイは自分の評判を落とすためにセレンを利用しただけかもしれない。

けれど、横暴だとか自堕落だと思わせるだけなら、レイはセレンを、終わったあとで部屋から追い出してもかまわなかった。腰が抜けたセレンを罵倒して蹴り出すほうが、いやな人間だと評判が立つ。なのにレイは、わざわざ抱いて朝まで眠ってくれた。

だからいい、とセレンは思う。

道具扱いでかまわない。使える、と思ってもらえるなら、それは居場所があるということだ。望まれずに生まれた分、せめて役に立ちたいと日々願っているのだから、利用できると思ってもらえただけでもありがたい。神官長の役に立つことも、エクエスの役に立つこともももちろんするけれど――できるなら、レイの役に立ちたかった。

痛くて、こんなふうに自分で洗わなくてはいけなくて、少し寂しい気がしても、ただの罪の子として、息さえひそめてちぢこまるように生きていくよりはずっといい。道具にでもなれたなら、レイが言ってくれたように、きっと、顔を上げて歩くこともできるだろう。

そう思って、セレンはひとり、小さく笑った。

目立たず、俯いて生きるのが当たり前で、それも仕方ないと思っているつもりだったのに、存外自分はわがままらしい。

罪の子なのに、できたら普通の人のように、顔を上げて生きていきたい、と思うなんて。

(……でも、レイ様だけは、それを許してくださるんだ)

もちろん、出自を知れば、レイだって同じことは言ってくれないだろうけれど。

裸で膝をつき、できるだけ大きく口を開け、喉の奥まで広げて、大きくて長いレイのものを迎え入れる。舌の上に性器をのせて顔を前後させ、えずいてしまわないように注意してしばらくしごき、みっしりと硬さを増したあとは手で支え、裏側を下から舐め上げた。

レイの男性器は立派で、セレンの口にはとてもおさまらないから、こうやって裏側を舐めるのが、一番褒めてもらえる。

猫か犬みたいな仕草でぺろぺろと舐めつつ視線を上げると、レイの観察するような目がこちらを見つめていた。少しのあいだ見つめあうと、レイは髪を撫でてくれた。

「そのまま上を向いてろ」

「……はい」

言われるまま、心持ち顎を上げて上を向く。レイは自分でしごいて、ほどなく、セレンの顔の上に白い精を撒き散らした。咄嗟に目は閉じたが、頬や鼻にかかる重たい体液が、どろりと流れるのが感じられる。セレンは舌を出して、口のまわりの精を舐め取った。そうするように、とレイに教えられたからだ。

何度舐めても変な味で、好きにはなれない。服を直したレイは顔を拭う布を渡してくれ、それで額や頬にかかったものを拭き取れば、奉仕は終わりだった。

あらかじめ用意されている水桶も使って顔を綺麗にし、部屋の外に出しておくと、使用人が片付けてくれる。使ったものの後始末をほかの人間がやってくれることだけは、今も全然慣れなかった。

後ろめたい気持ちでそそくさと部屋に戻ると、レイはもう、一番奥の寝室に入っていた。手前の寝台は、本来は神子とつがうための場所で、奥の部屋の寝台は、レイが眠るために使うのだそうだ。エクエスがそう教えてくれたのだが、奉仕が終わるとレイは必ず、奥の寝台にセレンを連れ込むのだった。

そっと戸口の布をめくって中を窺うと、「早く来い」と急《せ》かされる。遠慮がちに寝台に上がれば胸元に抱きこまれて、セレンは控えめに頭を預けた。

「寒くないか」

「はい、大丈夫です」

掛け布の中にしっかり収められ、セレンはため息を呑み込んだ。言いたくない気持ちを押し込めて、レイ様、と呼ぶ。

「僕ではなくて、神子様と、一度だけでもお会いになってみていただけませんか」

「――セレンは意外と諦めが悪いな。もっと従順かと思っていた」

「僕は神子様のお世話をする身ですから」

ほかの神子にも興味を持つように促してくれ、とエクエスに頼まれていたから、毎晩こうして頼んでいるのだが、レイが承諾したことは一度もない。それどころか、切り出せば気分を害してしまうから、朝まで一緒の寝台で過ごすのはずいぶんと居心地が悪かった。

それでも、これは大事な役目なのだ。

「神子様たち、アルファの方がどなたもいらっしゃらないから、お役目を果たせずに悲しい思いをされているんです」

「どうせエクエスの差し金だろう。あいつには適当に言っておけ」

不機嫌な声で言い放ったレイは、セレンの後頭部を掴むと顔を上げさせた。

「まだ文句を言うなら、ここで犯すぞ。明日立てなくなってもいいなら、好きなだけ言え」

「……今日は、もう言いません」

立てなくなるのはかまわなかったけれど、レイの機嫌を損ねたいわけではない。ごめんなさい、と謝ると、盛大なため息が返ってきた。

「だいたい、そんな偉そうな口をきくなら、せめてもう少し口淫の技でも磨いてからにしろ。全然うまくならない」

「……すみません」

今度は純粋に申し訳なくて、ちくりと胸が痛む。

「口におさまらなくて……レイ様は、やっぱり喉のほうまで入れるのがお好きですか？」

できれば上手になりたい、と思って聞いたのに、レイは黙り込んだ。聞かずに上達しなければだめだっただろうか、と不安になるほど長く黙ったあとで、「まあ」と微妙な答えがかえってきた。

「すっぽり包まれるのが嫌いという男はいないだろうな」

「じゃあ、明日は頑張ってみます。……明日も、呼んでいただけたら」

「呼ばれたいか？」

「……神子殿で、神子様たちとお茶していただけるほうが、嬉しいですけど」

「では呼ぼう」

レイはセレンの髪を撫でつけた。

「手の傷はよくなったが、髪はまだ乾燥しているな。もう少し手触りがよくなるといいんだが」

寝る前のこのひととき、レイはときどき、独り言のような口ぶりになる。セレンはおとなしく撫でられながら、勘違いしないように目を閉じた。レイがいつも、奉仕のあとでセレンを撫でてくれるのは、普段蹴飛ばしている犬を撫でたくなる気分のときもある、ということなのだろう。

初めて抱かれてから十日。

以来毎夜、レイはセレンを呼び出しては、相手をさせるようになっていた。

一日たりともかかさず呼び出されるので、神子殿ではすっかり、セレンがレイのお気に入りだということになっていた。使用人たちもセレンの顔を覚えていて、直接はなにも言わないかわり、通りすぎると「あの子だよ」などと囁くのだ。

気まぐれで厄介者の第一王子の、お気に入りのおもちゃ。

毎夜なにをさせられているのかエクエスに聞かれ、正直に「レイ様のものを舐めて、口や顔で精を受けます」と言ったら、狼狽《ろうばい》した顔で謝られたから、あまりいい扱いではないのだろう。

いい扱いをされていないのに、寝台で抱き寄せられれば嬉しい自分は――たぶん、おかしいのだ。

（まだ、たった十日なのに）

もう思い上がりそうになっている自分が、セレンは怖かった。毎晩呼び出されるなら十分大切にされているのではないか、と期待してしまいそうになる。だって――レイがなにを考えているか、セレンにはちっともわからない。

王になりたくなくて、評判を下げるためなら、同じ寝台で眠らなくてもいい。朝まで一緒に過ごしたとセレンに証言してほしいなら、そう命令すればいい。口で奉仕するのだって、最中に罵倒するわけでも、下手だと足蹴《あしげ》にすることもないレイの態度が、セレンには不思議だった。きっと単なる気まぐれだろうとは思っても、撫でられれば甘い心地になる。

やはり人にはそれぞれやるべき役割があるのだ。些細《ささい》なことを嬉しく感じてしまう自分には、王族の相手など向いていないとセレンは思う。

気持ちよく感じてしまわないように、身を強張らせて腕に収まったセレンを、レイは飽きることなく触ってくる。こめかみから頬へ、喉へ。

「肌もまだ荒い。触っても気持ちよくないな」

「……おいやでしたら、触らなければいいのに」

セレンは小さく言い返した。それもそうだ、とレイは呟きつつ、また髪を梳く。

「色は綺麗だ」

「ただの黒です」

「黒は美しい色だろう」

レイはついでのように頭のてっぺんに口づけた。しっかりセレンを胸に引き寄せて、抱え込むようにして目を閉じる。彼が眠る体勢に入ったのを確かめて、セレンはそっと目をひらいた。

（……今日もお疲れみたい）

自堕落だ、横暴だと、王子としての仕事はなにひとつやっていないように言われているのに、レイの寝顔は疲れていることが多い。寝入っても眉根を寄せていることもあるし、頭痛がするのか、部屋に入ったときに額を押さえていることもあった。

彼の考えることだけでなく、どうして疲れているのかもまったくわからないのが、セレンには悲しかった。せめて言葉にして「今日は疲れた」と言ってくれれば、マッサージをするとか、役に立つこともできるのだけれど。

勘違いしそうになるとはいえ、自分がレイに愛されているわけではないのはよくわかっている。セレンに対して心をひらいてくれないのは当然だ。

（でも、たぶんこの人は、弟のエクエス様にも、本当の気持ちはお見せにならないんだ）

だからきっと、エクエスもあんなふうに心配をするのだろう。

できることはほとんどないのが、このごろ、少し歯がゆい。

（レイ様は、どうしたら喜んでくださるんだろう）

そんなことをぼんやり考え、厚く鍛えられた胸から伝わる鼓動を感じながら、レイの呼吸が深く静かになっていくのを聞いているうちに、セレンもまた眠りに落ちた。

寝過ごすことだけはさすがになくなって、王子の部屋づきの使用人たちが、使う水や朝のお茶を用意する音で目が覚める。レイはだらだらと寝台で過ごすのだが、セレンがそっと抜け出しても文句は言わないので、彼が起きる前に部屋を辞すことにしていた。

初めての翌朝は痛くてだるくてたまらなかったが、あれ以来口で舐めるだけだから、身体がつらいこともない。

王宮の中を足早に通り抜け、庭を横切って神子殿に戻ると、朝の早い神子たちは、一日の最初の祈りを終える時間だった。

皆が食事をするあいだにセレンも朝食をつまんだあとは、神子たちのためにほかの使用人にまじってお茶を運んだ。

涼しく風が通り抜けるように造られた憩いの間に落ち着くと、ヨシュアが手招いて呼んでくれる。さっぱりした苺《いちご》のデザートをわけてくれたヨシュアは、セレンの顔をじっと見つめた。

「もう十日、だね。ちゃんと眠れてる？」

「大丈夫。神殿にいたときより、朝はゆっくりさせてもらってるから」

セレンは笑ってみせたが、ヨシュアの隣に座ったサヴァンは顔をしかめてセレンの服をつまんだ。

「レイ王子って、本当にひどいよね。神子をほったらかしにするくせに、下働きにこんな、ご自分の服と同じ色の服を着せるなんてさ。おまえは知ってる？　自分がなんて言われてるか」

「……レイ様の、おもちゃだって言われていることでしたら、知ってます」

かわいそう、と呟いたのは別の神子だ。

「手をつけたって、使用人は幸せになるどころか立場が悪くなるだけだって、レイ様はわからないのかしら」

「でも、レイ様はセレンのことを愛していらっしゃるかもしれないじゃないですか」

ヨシュアはセレンの腕を握りしめて唇を尖らせる。先輩神子は困ったように首をかしげた。

「私だって、そうだったらいいと思うけれど。でもお優しい方だったら、昼間もお茶に誘ってくださるとか、ご自分の近習《きんじゅ》にするとか、なさってもいいでしょう。毎日夜だけ、なんて」

「……そうですけど」

ヨシュアは複雑そうだった。

「セレンは？　やっぱり、つらい？」

「僕は下働きだから、命令に従うだけです。それをつらいと思ったことはありません」

心配や同情の視線を向ける神子たちを見回して、セレンは言った。

「僕のことでしたら平気です。それに――レイ様は、そんなにひどい方ではない気がします」

「優しいの？」

「……優しい、というわけじゃ、ないですけれど」

うまく説明はできない。口で奉仕しているなどと言えば神子たちは眉をひそめるだろうし、ヨシュアは気に病むだろう。でも、あの行為のおかげで、セレンは気づいたこともある。

だから一般的にはひどい扱いでも、悪いばかりではない、と思うのだ。

「優しくたって優しくなくたって、レイ様が義務を果たしてないことには変わりないじゃない」

サヴァンが冷たいお茶を飲み干して立ち上がった。

「第一王子なのに神子殿に来ないのは、王族としていけないことだと僕は思うな。僕はレイ様がなにを考えてようとどうでもいいけど、ほかのアルファの方までレイ様のせいで、神子をおろそかにするのは我慢できない。もう半月も経《た》つのに、エクエス様は一度もいらしてくださらないんだよ？　レイ様に遠慮なんかしてたら、一生来れないままだ」

腰に手を当てて強気に言い放ち、サヴァンはセレンに顔を近づけた。

「一応はお気に入りなんでしょ。レイ様に言ってよ。形式だけでいいから来てくださいって。神子がお嫌いならそれでもいい、たった一回でいいの。それくらい頼めるでしょう？」

毎晩頼んで断られている――と打ち明けるわけにもいかず、セレンは小さく頷いた。

「お願いは、してみます」

「ちゃんと伝えてよ。おまえはレイ様を独占したいかもしれないけどさ」

笑い含みにつけ加えて、サヴァンは憩いの間を出ていく。神子たちもそれを機に、それぞれなにごとか囁き交わしながら、数人ずつに散らばっていった。客の来ない日はお祈り以外決められた予定がないから、今はかぎ針を使って、細い糸を繊細な模様に編み上げるのが流行していた。

「ヨシュアもやる？」

糸の入った手近な籠を持ってくると、ヨシュアはうるんだ目でセレンを見つめた。誰にも聞こえないように、顔を近づけて囁いてくる。

「ねえ、本当に、レイ様はセレンのことを愛してはいないの？」

「――ヨシュア」

「セレンはすごくつらいのに、みんなの前では言えなくて、我慢してるの？」

せつなそうに思いつめたヨシュアの顔に、優しいな、とセレンは微笑した。

「レイ様は僕のことなんて、たぶんなんとも思ってらっしゃらないよ」

「つ、じゃあ」

「でも、僕がつらくないのも本当なんだ。嘘じゃない。レイ様がお望みなら役に立てるのは嬉しいし……それに、ヨシュアだってこのほうがいいでしょう？　サヴァン様はアルファの方々に来てほしいみたいだけど、ヨシュアは誰も来ないほうがいいよね」

「……誰も来ないほうがいいから、セレンには申し訳ないんだよ」

ぎゅっと自分の服を握りしめて、ヨシュアは俯いた。

「セレンのおかげで、僕は助かってるんだもん。友達を犠牲にして、自分だけ得してるみたいで……レイ様がセレンのこと、本当に好きになってくださったんだったらいいなって思うのも、そのほうが僕には都合がいいからだ」

「それはヨシュアが優しいからだよ。……ねえヨシュア」

呼んで、彼が顔を上げるのを待つ。泣くのを我慢するように唇を噛んだヨシュアはやっぱり綺麗だった。

「僕はひとつも嘘をついたりしてないんだ。レイ様が僕を好きじゃなくてもちっともかまわないし、役に立てれば十分だから、つらいなんて思わないよ。ヨシュアが気にしてくれなくても大丈夫」

「でも、僕ならつらいよ。愛してもらえないのに身体だけいいように弄《もてあそ》ばれて、みんな可哀想って言うだけで助けてもくれないで、好き勝手にああしろこうしろって言うなんて」

「ヨシュアには好きな人がいるもんね。僕にはそういう人がいないから」

「レイ様のことは？」

「好きになるわけないでしょ。レイ・バシレウス様だよ。そのうち王になるはずの人を使用人が好きになったって仕方ないもの」

「……でも、これから、ほかに好きな人ができるかもしれないよね」

「今はいないから関係ないよ」

一生恋はしないのだと、ヨシュアに打ち明けるつもりはなかった。ヨシュアにはきっとわからない、と思うから。

神子は皆優しくて、中でもヨシュアは純粋だ。大切にされるのや愛されることが、誰にとっても当たり前だと思っている。まだ幼いころには、そんな神子という存在に憧れたこともあったが、今は神子も決して幸福なだけではないのだとわかっていた。

それに、どうして恋をしないのかと問いつめられるのも困る。罪の子だ、と打ち明けても、ヨシュアが態度を変えることはないだろうけれど——余計なことを伝えて、悲しい気持ちにさせるのはいやだった。

「それより、サヴァン様に頼まれたように、レイ様には神子殿に来てくださいってお願いしてみるから……もしいらっしゃることになったら、ヨシュアは隅のほうで目立たないようにしてて。僕だって、ヨシュアにはナイードと結ばれてほしいもの」

「……セレン。いつもありがとう」

「じゃあ、掃除を手伝ってくるね」

ほっとしたようにお礼を言ったヨシュアに微笑みかけて立ち上がると、ヨシュアが急に顔色を変えた。視線は憩いの間の外——神子殿の入り口のほうを向いていた。

数人の見かけない使用人が、並んでやってくるところだった。

「ねえ、ちょっとだけ庭に出ない？」

「いいけど、どうして？」

まだなにか話があるのだろうか、と思いながら、手を引っ張られて中庭に出る。大きなウチワヤシの陰に回り込んだヨシュアは、そこで唇に指を当ててみせた。

出てきたばかりの憩いの間から、よく通る声が響いてくる。

「ミリア様。ご機嫌うるわしゅう」

弾んだ声はサヴァンのものだ。自分の部屋に帰ったと思ったのに、戻ってきたらしい。いっせいに立ち上がった神子たちが出迎えているのは、神官やお供を何人も従えた、華やかな紅色の服をまとった女性だった。年は四十代も半ばだろうか。貫禄《かんろく》のある美しさで、胸にも手首にも宝石を飾っていた。

「エクエス様の母上だよ。王妃のミリア様だ」

ヨシュアが小声で教えてくれた。

「エクエス様がレイ様に遠慮して来ないからって、ミリア様は息子にぴったりな神子がいないか、新しい神子が来るとこうやっていらっしゃるんだって。一昨日もいらしてて——サヴァンは頑張ってたけど、僕はできるだけ目立ちたくないから」

ヨシュアは木の根元に座り込む。セレンは立ったまま、そっと室内を窺った。

(あれが、ミリア様……)

神官長のテアーズと同じくらいの歳《とし》だろう。とうに神子ではなくなっていても、王子を産んだ妻として王宮に住み続け、神子殿の主をつとめている。右手にだけ長い絹の手袋をつけているのが印象的だった。

くっきりと紅を引いた唇を笑みのかたちにし、彼女は神子たちを見渡す。

「今日は山の貯蔵庫から氷が届きましたからね。皆にもおいしい氷菓子をと思って、運ばせてきたのですよ」

彼女の合図で、ついてきた使用人がテーブルの上に皿を並べはじめる。大きな銀の覆いを取ると、クリームと果物をあわせ、氷で冷やした菓子が現れて、神子たちが歓声をあげた。

「ありがとうございます、ミリア様！」

「暑い日が続きますからねえ。退屈な上にこの陽気では、気も塞いでしまいましょうよ」

手袋をした手で扇子を口元にあてがったミリアは、長椅子に腰を下ろすと、周囲に神子を集わせた。

「妾《わらわ》もここにいるころは、陛下が来てくださることだけが心の潤いでした。そなたたちも、日日不安に過ごしておりましょうね。気持ちはよくわかります。ときには逃げたくなることもありましょう」

「僕はそんなことはありません」

ミリアの足元に膝をついて寄り添ったサヴァンが、唇を尖らせた。

「僕は市井の生まれなんです。だからオメガ性を持っているとわかって神子になれたときは嬉しかった。王族の方にお仕えするなんて、神子じゃなければできませんから」

「そなたは献身的なのね」

ミリアはつ、と視線を落とした。はい、と答えるサヴァンは自信たっぷりだった。

「神子に生まれたからには、与えられた役目はきちんと果たしたいのです」

「健気《けなげ》で元気だこと」

ふふふ、と上品に笑って、ミリアはサヴァンの頭を撫でた。

「素直で正直な子は、妾は好きですよ。エクエスは実直で真面目で、誠実な息子。母としては、そんな息子によく尽くし、支えてくれる神子がよい、と思っているのですよ」

「僕、努力します」

サヴァンは子猫のようにミリアの膝にもたれかかる。幸せそうな彼から、セレンは足元のヨシュアに視線を移した。ヨシュアは唇を噛んで、揺れる葉の影を見つめていた。

セレンは並んで腰を下ろす。

「サヴァン様、神殿にいたときより、すごく生き生きしてるね」

「……うん。サヴァンは、神子になりたかったんだもんね」

ヨシュアは膝を抱えて、呟くように言った。

「神子殿って、五十人くらいの神子が暮らしているでしょう。でも憩いの間や庭に出てくるのは半分くらいだから、ほかの人はどこで過ごしてるのかなと思ってたんだ。子供がいる人は、アルファの方のお屋敷で子供と暮らしてる人もいるみたいだけど……もうすぐ役目が終わる人たちは、図書室で勉強をしていたりするんだって。昨日、それを教えてもらって、僕も図書室に行ってみたんだ」

「神子様たちに会いに？」

「だって、自分もいつか、そんなふうに過ごすようになるかもしれないじゃない？」

ため息をついたヨシュアは、ちらりとセレンを見て、耳元に顔を近づけた。

「あと六年ここにいなくちゃならないって神子と話ができたんだけど――逃げたい、って泣いてた」

「……泣いて？」

「神子殿に来るアルファの方の誰のことも、好きになれないんだって。僕たちは発情期があって、それで……身体だけはどうしようもなく反応してしまうけど、好きじゃない人とつがうのは、どんどんつらくなる一方なんだって泣いてたんだよ。――僕も」

震えた声を恥じるようにヨシュアは唇を噛んで、ぎゅっとセレンに抱きついた。

「僕も、発情期が来ちゃったら、誰かアルファの人がつがいに来るんだよね。頭ではわかってたつもりだけど、泣いている神子を見たら、もうすぐなんだ、逃げられないんだって思って……今すごく、ナイードに会いたい」

「ヨシュア――」

「発情期だからって、つがっても必ず身籠るわけじゃないって聞いて、それだけは安心したけど……でも、あと十年、僕はここにいるんだ」

暗い呟きに、慰めの言葉は思いつかなかった。華奢なヨシュアの背中に手を回し、黙って撫でる。いつだって、ヨシュアはセレンにとっては眩しい。自分が恋をしない分、ヨシュアの恋がうまくいけばいい。一度もアルファとつがうことなく十年が過ごせるとはとても思えないけれど、せめてその回数が少なければいい。

セレンに祈れるのはそれだけで、ナイードのかわりにはなれないけれど、ミリアが立ち去ってしまうまでは、彼を隠しておいてあげたかった。

そっと寄り添いあっていると、急に近くでサヴァンの声がした。

「嬉しいです。特別にお話ししてくださるなんて」

「そなたは今回来た中では、中心となる神子のようですから」

ミリアの高い声も聞こえて、セレンとヨシュアは身体を硬くした。いかにも彼女から逃げて隠れている格好で、見つかれば叱られるに違いない。こちらに来たらヨシュアだけでも逃がそう、とセレンは思ったが、幸い、サヴァンは違う方向へと進んで足をとめたようだった。

「僕、ここのお庭も好きです。神の庭は小さなオアシスに建てられているから、水はたくさんあるけど、こんなに木は多くないでしょう」

「妾も、王宮の庭は世界一だと思っていますよ。——神官長は今は、テアーズでしたね」

ミリアはぱちんと扇子を閉じた。

「妾がイリュシアにいたころは、当時の神官長が妾のために、庭に孔雀《くじゃく》を放してくださったものよ。そなたは、誰か神官に特別に可愛がられていたの？」

「いいえ。僕の親は元神子じゃありませんし、テアーズ様は神官が神子に肩入れするのがお嫌いで、みんなに平等に厳しいんですよ」

どこか探るようなミリアにさらりと返したサヴァンは、思わせぶりに「でも」と続けた。

「テアーズ様が心配していた神子ならいます」

「心配？」

「ヨシュアです。あの子、神の庭に手紙を配達に来る男と恋仲だから」

ぎくりとヨシュアの身体が強張るのが、腕に伝わってきた。セレンも驚いて、ヨシュアと顔を見合わせる。——まさか、ナイードとの恋を、神官長が知っていたとは。

「まあ。配達人とだなんて……そのように不純でふしだらな神子を、テアーズはわかっていて献上したのですか？」

「身体は清らかなままだと思いますよ。王宮にやってしまえば、愚かな恋など忘れてしまうとお考えだったのかも」

サヴァンはつまらなさそうに言う。

「僕なら、罰して神殿から追い出してしまいますけど。テアーズ様は、ご自分で手を下すのはお好きじゃないから」

「――そうね。テアーズは、昔からそうでした」

思案げに、ミリアは呟いた。何度か扇子を鳴らし、サヴァンを呼ぶ。

「そなたは思っていた以上に賢いのね。頼もしいかぎりです。なにか困ったことがあったらいつでも妾にお言いなさい。それから、そのふしだらなヨシュアとやらにも、つらければ妾に打ち明けるように、それとなく伝えておきなさい」

「ヨシュアに、ですか？」

「そう不満そうにするものではないわサヴァン。ヨシュアのように、せっかく神子に生まれても、感謝できない者はいるものです。でも、彼らが悪いわけではないのですよ。向き不向きがあるのは仕方のないこと。王子に生まれても、王となる素質を持ち合わせない者もいるのですから」

甘やかでおっとりとしていたミリアの声がふいに冷たい響きになり、今度はセレンがびくりとした。レイのことだ、と思ったのを代弁するように、サヴァンが「レイ様ですね」と言った。

「そう、レイです。幼いころから、あの子は乱暴だったのですよ。妾は昔からあの子が怖かった。誰にも理解してもらえませんでしたが……長じてからはあのとおり、皆手を焼いています。だからあれほど妾が、レイにバシレウスの名はふさわしくないと言いましたのに」

「でもミリア様には、エクエス様がいらっしゃいます」

「ええ。妾の大切な一人息子は、幸いにもよい人間に育ってくれました」

ミリアは冷たかった声が嘘のように、ころころと可愛らしく笑った。

「だから妾も言えるのですよ。レイや、そのヨシュアという神子のように、ふさわしい振る舞いができない哀れな者も幸せになってほしい、とね」

「ミリア様はお優しいのですね」

「妾も役目は終えたとはいえ、心は神子の端くれ。今までに何人も、神子を慰め、助けてきました。……今度、妾の屋敷にいらっしゃいな。最近の神の庭の話も、ゆっくり聞かせてもらいましょう」

「はい、喜んで」

話し終えたか、二人はまた憩いの間へと戻っていく。つめていた息を吐き出して、ヨシュアはいっそう悲しげな顔だった。

「大丈夫？」

「……ううん。テアーズ様がご存じだったなんて、全然気がつかなかったから」

「ミリア様に、相談してみる？」

「……わからない」

ヨシュアはぎゅっと自分を抱いた。

「僕はなんだか、ミリア様も怖い。王宮自体が好きになれないんだ。神官たちはミリア様のお屋敷に入り浸りでほとんど神子殿には来ないし、見回りに来ても、イリュシアの神官たちみたいに優しくないんだもの。——あっちにいたころが、もう何年も昔みたいな気がする」

セレンは黙って肩に手を置いた。ヨシュアの気持ちが伝染したのか、セレンも不安だった。テアーズはなぜ、ヨシュアがナイードと恋していると知っていて、なにも言わなかったのだろう？　セレンが王宮についていくと決まったときも、レイとエクエスについては教えてくれたけれど、ヨシュアのことには触れなかった。

ミリアのこともよくわからない。優しそうに見えたし、言っていることも親切だった気がするけれど、レイのことは昔から乱暴だった、と彼女は言った。エクエスは「昔は優秀だった」と言ったのに。

(みんなそれぞれ、ちょっとずつ言うことが違うんだ。少しずつ見えてるものが違うみたい)

もし全員に、まったく違う、相反する命令をされたら、誰に従えばいいのだろう。

神殿から王宮の神子殿に移るのは、ただ場所が変わるだけのような気がしていた。むしろ誰もセレンを知らない王宮なら、もっと人の役に立てるような気がしていたけれど——ここはそんなに、簡単な場所ではない。神殿とは比べものにならないほどたくさん人がいて、その分、人と人との関係が入りくんで複雑で、混沌《こんとん》としているように思える。

なにか大きな流れに押し流されていきそうで、ヨシュアと二人でいても、ひどく心細かった。

一瞬、レイ様に相談してみようか、と考えかけて、セレンは自分を戒めた。

だめだ。王子に頼るなんてできないし、どう相談すればいいかもわからない。ただ漠然と不安だと言ったって、レイも呆《あき》れてしまうだろう。

(僕にできることは、命令に従うことだけ。それだけ、考えていればいいんだ)

数日後。真夏らしい日差しの尖った暑い日に、レイを招いたお茶会が催されることになった。エクエスだけでなく神子たちにも頼まれた、ミリア様もいらした、と頼んだら、レイがようやく「わかった」と了承してくれたのだ。もっとも、最初は気乗りしなさそうだった。

「本当に、ミリア妃が俺に神子殿に来るように言ったのか?」

「直接そうおっしゃったわけではないですけど……レイ様が神子殿にお越しにならないと、エクエス様が絶対にお越しにならないので」

セレンがそう言うと、レイはしばらく考え込んでいた。それから、ミリア妃の期待どおりにしなければな、と呟いて、神子殿に行くことを決めたのだった。

今までいくら頼んでも頷いてくれなかったのに、ミリアの名前を出したら決めてくれたのだから、エクエスが言っていたとおり、レイはミリアを慕っているのだろう。ミリアのほうは嫌っているようなのがせつなかったが、神子殿はセレンの思いに関係なく、ほとんどお祭りのような騒ぎだった。

なにしろ、二年ぶりに第一王子が来るのだ。神子だけでなく神子殿の使用人たちも浮足だつほど興奮して、念入りに準備がなされた。

中庭に艶やかな色に染め上げた布を使った日よけ傘を配置して、地面にはレイの個人旗にあわせ、青を基調に模様を縫い取った絨毯《じゅうたん》が敷かれた。テーブルには桃や蜜瓜の水菓子が並ぶ。山の中で保存されている氷が贅沢に使われ、ミントティーもオレンジの果実水も冷たく保たれている。ウチワヤシの葉を持った使用人が幾人も控えて涼しい風を送り、一角には楽隊がいて、控えめだが心弾む音楽を奏でている。

華やかで、本来なら賑《にぎ》やかで楽しい宴になったのだろう、とセレンは思う。

レイが、セレンを隣に呼びつけたりしなければ。

せっかくのかろやかな音楽がうつろに響くのは、神子たちが誰も口をひらかないからだった。困ったように視線をかわしあう彼らを直視できなくて、セレンは微妙に膝のあたりに視線をさまよわせた。

腰にはレイの手が回っている。昼間だというのに枇杷《びわ》酒を飲み干したレイは、身を硬くしているセレンに低く笑った。

「どうした。せっかくの茶だ、飲めばいい」

「――はい」

頷いたものの、とても喉を通る気がしなかった。ずっと人目を避けて生きてきたから、こんなふうに視線に晒《さら》されるのに慣れていないのだ。それでも王宮に来てから、神子たちに見られるのや使用人たちに見られるのは、だいぶ慣れた、と思っていたけれど。

(今日のは……これは、レイ様、絶対わざとだ)

腰に回っている手は思わせぶりにセレンの身体の線を辿《たど》り、離れたかと思うと髪に触れてくる。短い黒髪を撫でたレイは、手触りを楽しむように指を差し入れてくる。

明らかに淫靡《いんび》な手つきに、神子の中には顔を赤らめる者も、眉をひそめる者もいた。サヴァンなど露骨に軽蔑する表情で、つい俯きそうになる。

羞恥にうなじまで赤くしたセレンに、レイがまた笑い声をたてる。

「茶を飲む気になれないなら、ほかのものを飲ませてやろう」

「……お酒は、困ります」

「もっといいものだ。跪け」

どきりとして振り仰ぐと、レイは唇の端を歪めてみせた。

「毎晩しているのと同じだ。口に出してやる」

「……レイ様、でも」

ここは彼の部屋ではない。まだ昼の明るい時間で、中庭で——大勢の神子の前なのだ。迷うと、レイは冷たい目をした。

「聞こえなかったか？　飲ませてやるから跪けと言ったんだ」

「――――はい」

レイに譲る気はないとすぐにわかって、セレンは目を伏せた。すべるように椅子をおり、レイの前で膝をつく。脚をひらいた彼の服に手をかけて分身に触れて、一度レイの顔を見上げた。

青い目は今日は冷ややかだった。もしかしたら、「神子殿に来てほしい」としつこく頼んだことで、機嫌を損ねたのかもしれない。これは詫びのかわりに奉仕せよ、という意味だろう。

唇をひらき、手で支えたレイの先端に口づける。ちゅうちゅうと何度か吸って、それから、裏側の根元のほうに舌を伸ばした。手で持ったまま、こうして裏側を舐めれば、下を向かずにすむ。

（……今日見えるのは、日よけ傘と青空だ）

レイの金色の髪は、微風にわずかにそよいでいる。相当に機嫌が悪いのか、眉間には皺が寄って、右目をしかめるみたいに細めていた。また疲れているのかもしれない。

セレンは少しでも癒やしになればと、丁寧に舐め上げた。どうしても出てきてしまう唾液をすすりながら、顔を横にして笛のように咥えたり、手でやさしく袋を揉んだりする。

精の味はおいしくないが、レイの雄の象徴はなめらかな手触りで、口に含んでも気持ちいい。その感触は好きだった。だんだんとエラが張って育っていくのが感じられるのも達成感がある。張り出した部分に尖らせた舌をあてがい、顔ごと回してくるくると舐めると、レイが頭を押さえつけた。

「口に含め。できるだけ奥まで」

言われたとおりに大きく口を開け、角度をつけて勃ち上がったそれを含み込む。いつものように頭を上下させてしごくと、レイは頭を押さえる手に力を入れた。

「ツン、ぅんっ、んぐっ、……ぅっ」

強引に、激しく上下に頭を動かされ、自分では呑み込めないほど深くまで先端が入った。ごり、と上顎が擦れ、苦しさとぞくぞくする震えが同時に襲ってくる。

「んぅっ、んんっ、……ん、んぅ……っ」

呻《うめ》いても、もがいても、レイは手を緩めなかった。限界までひらいた顎が痛んで、口の端からは唾液が溢れる。身体が痙攣《けいれん》して、今にもえずいてしまいそうになりながら、セレンはきつく目を閉じた。薄い塩気のある味は、精が出る前に染み出す体液のものだ。飲め、と言われたのだから、こぼさないようにしなければ。

じゅこ、じゅこ、と卑猥《ひわい》な音だけが響き渡る。いつのまにか音楽もやんでいた。ほどなくレイは手をとめて、セレンは大きく震えた。口内を占拠したレイのものから、たっぷり男の精が噴き出してくる。独特のにおいと味が溢れ返り、それを飲み込もうとして、セレンは耐えきれずにむせてしまった。

げほげほと咳《せ》き込む唇から、精汁は糸を引いて垂れ落ちた。苦しさに歪んだ顔にレイは最後のひと噴きをかけてきて、セレンは腰を落として座り込んだ。——上手に、飲めなかった。すみません、と謝りたいのに、苦しくて言葉が出ない。レイは荒い息をつくセレンを見ることなく、静まり返った神子たちに言い放った。

「俺は神子を愛する気はない」

不遜で、嫌悪混じりの、居丈高な口ぶりだった。

「どうしても、と懇願するなら相手をしてやらないこともないが、その場合、今したように家畜の扱いしかしてやらん。セレンのことも、毎夜こうやって使ってるんだ。それでもいいなら俺の寝室まで夜這いに来るんだな」

言いながら服を直して立ち上がると、馬鹿にしたような笑みさえ浮かべた。

「こうして来てやったんだ、言い訳はできただろ。せいぜい舌技と孔を鍛えて、好きなだけエクスと励むといい」

侮辱に、何人もの神子が肩を震わせた。レイは気にするそぶりもなく、悠々と中庭を出ていく。ヨシュアが泣き出しそうな顔で駆け寄ってきた。

「セレン！　セレン、……っ、ひどい……」

細かい刺繍のほどこされた絹の袖でセレンの顔を拭ってくれたヨシュアは、ぽろぽろと涙をこぼした。

「ひどいよ、こんなの。僕……レイ様は、もっとお優しいのかと思ってた」

「優しいよ」

「嘘だ！　毎晩あんなことしてるって……あんな、無理やりだなんて」

自分が奉仕させられたみたいな顔色で、ヨシュアは口元を押さえて首を振った。

「もうだめ。セレン、レイ様に呼び出されても行っちゃやだめだよ」

「僕なら平気だよ」

震えてしまっているヨシュアの肩にそっと触れて、セレンは集まってきた神子たちを見上げた。皆、どうしていいかわからない様子だった。

「変なことになっちゃいましたけど、エクエス様には、レイ様がいらしたことだけお伝えすれば、もう大丈夫ですよね？」

ええ、と誰かが答える。サヴァンがつまらなそうに肩をすくめた。

「レイ様って本当に王になる気がないのかもね。まあ、あの傲慢な性格じゃ、王様になられてもいやだけど。夜這いに来いだなんて、自分にそれだけの価値があると思ってるなんて、驕《おご》りすぎじゃないか」

「サヴァン！」

神子の誰かがたしなめる。サヴァンは気にした様子もなく、いっそ得意げに微笑んだ。

「みんなだってレイ様なんて狙ってないでしょ。仮にあの人とのあいだに子供が生まれたって、不幸にしかならないもの。……ヨシュア、泣いてないでセレンを部屋にでも連れていけば？」

「そうする」

涙を拭いながらヨシュアは立ち上がって、セレンの手を引っぱる。ヨシュアはそのままセレンの部屋まで連れていってくれ、わざわざ水を汲んできて、顔を洗わせてくれた。

「ごめんねヨシュア。神子なのに、こんなことさせて」

「セレンは友達だもの。水くらい何回だって汲むよ」

寝台に腰かけると、ヨシュアも隣に腰を下ろす。

「ねえ。今夜もレイ様に呼び出されたら、僕も一緒に行こうか。行って、セレンにひどいことしないでくださいって頼んでみない？」

「だめだよ。レイ様が怒って、かわりにおまえを抱かせろってヨシュアに言ったら困るもの」

「――でも、セレンだけひどいめにあうなんて、いやだよ」

「心配してくれてありがとう。でも平気だよ。何回も言ったでしょ」

セレンは笑ってみせた。まだ少しだるい気がする顎を押さえる。

「今日も、ちゃんとお言いつけどおり、全部飲めたらよかったんだけど」

「………………セレン」

きゅっと顔をしかめ、それからヨシュアはセレンの手を握った。

「ねえ。やっぱりセレンは、レイ様のことが好きなんじゃない？」

「どうして？」

びっくりして、セレンは目を丸くしてしまった。

「それって、ヨシュアがナイードを好きみたいにっていう意味？　そんなの、絶対ないよ」

「好きになったって仕方ないってセレンはこの前言ってたけど、もし好きじゃないなら、あんなことされて平気なわけないと思うんだ」

「レイ様は王子で、命令に逆らうわけにはいかないし、役に立てれば嬉しいっていうだけだよ。好きだからじゃない」

全然違うのに、とセレンは思わず眉を寄せたが、ヨシュアは真剣な顔だった。

「じゃあ、全然顔も知らないアルファの人が急に来て、同じことやれって言ったらやるの？」

「うん。するしかないもの」

「終わったあと、レイ様のときみたいに、平気だよって笑える？」

「――」

一瞬、言葉につまってしまった。そういう事態は想像したことがない。ヨシュアは得意げに「ほらね」と頷いた。

「ほかの人に同じことされたら、優しいなんて言えないでしょ。でもセレンは、レイ様のことは悪く思ってないんだよね。それって絶対、好きなんだと思う」

「そ――」

そんなわけない、と言いかけて、セレンはじわっと赤くなった。

もしレイを好きなように見えたとしたら、それはセレンのせいだ。後悔といたたまれなさに胸がどきどきして、耳まで熱くなってくる。その表情に、ヨシュアはほらね、とほっとしたように微笑んだ。

「好きなんでしょう？」

「違うんだ。……本当に、違うんだけど」

申し訳なくて、セレンは俯いた。膝の上で拳を握りしめて、勘違いしたからだ、と自分を戒める。

毎日呼んでもらえるから、少しは好かれていると勘違いしそうになっていたのが、きっといけないのだ。その思い上がりが態度や言葉の端ににじんでしまって、ヨシュアにこんなふうに誤解させてしまった。

「違うけど、好きになりそう？」

ヨシュアは真面目な顔をして覗き込んでくる。セレンは首を横に振った。好きになんかなれない。

(僕は神子じゃない。罪の子だもの)

「少し、馴れ馴れしくしてしまったかも。好きとか、そういうの考えたことないよ。僕は使用人だし、レイ様は第一王子だよ。……絶対に、そういうんじゃないんだ」

「身分なんて、恋をしてしまったら関係ないと思うけどな」

頑《かたく》ななセレンの態度に仕方なさそうにため息をつき、ヨシュアは優しい笑みを浮かべると、セレンの握った拳の上に手を重ねた。

「でも、セレンが違うって言うなら、僕はセレンを信じるよ」

「ヨシュア……」

「もしあとでレイ様に恋しても、応援する。僕は絶対、セレンの味方だから」

「恋なんてしないってば。でも——ありがとう。僕も、ヨシュアのためだったら、なんでもするよ」

「なにもかも全部、うまくいったらいいのにね」

吐息まじりに言ったヨシュアに抱きしめられて、そのとおりだな、とセレンも思った。セレンが恋しているというのはヨシュアの勘違いにすぎないが、みんなが少しずつ悩むのじゃなくて、誰も悩まないですめばいい。

(——僕は、まずレイ様に謝らなくちゃ)

たしかなのは、今日のレイは機嫌が悪かったことと、彼の命令にちゃんと従えなかったことだ。

言われたことには絶対従おうと決めたばかりだったのに、もう失敗してしまった。どんな罰を受けてもいいから、謝らなければいけない。

夜もまだ浅い時間に、セレンはレイの部屋を訪ねた。きっちり布が下ろされた戸口の外から呼びかけると、レイ本人が布を上げ、不機嫌な顔を見せた。

「なんだ。今日は呼んでないぞ」

「僕、お詫びを言わなくちゃと思って……昼間、ご命令どおりにできなかったので」

「飲めと言ったのにこぼしたことか？」

呆れた笑みを浮かべかけたレイは、すぐに眉をひそめて目を閉じ、こめかみに指をあてた。

「特別許してやる。用がそれだけなら帰れ」

返事をするより早く布が下ろされてしまい、セレンはしばし立ち尽くした。

まともな謝罪もできなかった。できればもう一度ちゃんと謝りたかったが、レイは昼間よりさらに疲れているようだった。

しつこく食い下がるのも申し訳ないと思いつつ、立ち去る気にはなれなかった。レイの疲れた様子が、どうしても気になる。迷った挙句、セレンは厨房に向かった。

いらない、と突き返されてしまうかもしれないが、あの顔を見てなにもしないわけにもいかない。こめかみのあたりを痛そうに押さえる仕草には心当たりがあった。

胡乱《うろん》げな顔をする厨房の料理人たちに頼んで、フェンネルとミント、桑の実と生姜《しょうが》、それに蜂蜜をわけてもらってお茶を淹れる。お茶のポットとカップ、蜂蜜をトレイに載せてもう一度レイの部屋を訪ねると、レイは露骨に顔をしかめた。

「帰れと言っただろう」

「お茶をお持ちしたので、淹れたらすぐに下がります」

トレイを持ち上げて見せると、じろじろ眺めたレイは、仕方なさそうに中に入れてくれた。長椅子の前の低いテーブルで、膝をついてお茶を淹れる。レイは座ると面倒そうに言った。

「昼間人前であんなことをさせられても、媚を売りにきたわけか」

「このお茶はお礼です」

赤い色をしたお茶を差し出して、セレンはレイを見上げた。

「よく考えたら、僕、レイ様にきちんとお礼をしたことがなかったな、と思って。さっきお詫びを言いに来たとき、お疲れみたいだったので、だったらお茶を差し上げようと思ったんです」

「べつに疲れてるわけじゃない」

目の前に置かれたお茶に、レイは手をつけなかった。

「礼を言われる心当たりもないな」

「顔を上げろって、レイ様は言ってくださいました」

跪いて見上げると、ちょうど奉仕しているときのような角度になる。まっすぐレイの目を見つめて、ほんの少し笑った。

「レイ様、僕が下を向くのがお嫌いだから、口でご奉仕するときも、いっつもこうやって上を向かせるでしょう。そうすると、天井が見えるんです」

「――天井？」

意外だったらしく、レイは変な顔をした。

「はい、天井です。このお部屋の天井って、とても素敵な模様が組まれていて、柱や梁《はり》だってたくさん細工がしてあって、すごく綺麗なんですよね。こんなに美しいんだってびっくりして」

セレンの言葉につられてレイは上を見上げ、セレンも天井に視線を向けた。すっかり見慣れた、紺色と白と金色の幾何学模様が、ランプのあかりにほのかに浮かんでいる。

「今まで天井が誰かの手でそんなふうに彩られているなんて知らなかったから、このお部屋のほかでも上を見てみたら、どこもいろんな工夫がされていて綺麗で――そういえば僕、イリュシアの神殿では廊下の天井も見たことがないなって気がついたんです」

「……床ばかり拭いてたもんな」

「はい。だから、もしいつかまた神殿に帰れることがあったら、どんなふうになってるか見てみたいと思います」

セレンは頭を下げた。床に垂れたレイの服の裾を持ち上げて、敬意をこめて口づける。

「レイ様が王宮に来いと命令してくださらなかったら、たぶん一生天井が綺麗だなんて、知らなかったと思います。……だから僕は、レイ様の命令なら、なんでも従います」

ヨシュアに好きなのだろうと指摘されてから夕暮れまで、セレンは初めてよく考えてみた。

少しずつ言うことが違っているテアーズ神官長とエクエス王子とミリア妃のこと。自分が感じるレイの印象。好き嫌いで言うなら、たしかにセレンはレイを嫌いではないのだと思う。はるかに身分の高い人を好きだとか嫌いだとか分けるのは意味がないけれど、それでも――たとえばヨシュアやジョウアに対するような、好ましさは感じている。

でもそれは、恋であってはならないのだ。命令に従うのはいい。しもべが主人に忠実であるために敬愛するくらいなら許されるだろうけれど、それ以上であってはいけない。

恋は、セレンにとっては「悪いこと」だから。

自分を戒めるために、レイには宣言しておきたかった。

「今日は、お詫びのほかにそれをお伝えしたくて」

そっと衣から顔を上げると、レイは上を見ていた。口元はゆるんで、微笑を浮かべているようだった。

「よりによって天井か。おまえ、奉仕しているあいだに天井を眺めるなんて、ずいぶん余裕があったんだな」

「す、すみません！　ご奉仕に集中してなかったわけじゃなくて……」

「謝るな、べつに怒ってない。そういえば俺も、天井なんてめったに見ないなと思っただけだ」

レイは不思議と、機嫌をよくしたようだった。お茶のカップを手にして一口飲むと、「すっぱいな」などとやわらいだ声で言う。

「蜂蜜をもう少し入れましょうか。桑の実が入るから、酸味が出るんです」

素直に差し出されたカップに、蜂蜜を多めにすくって入れる。今度は甘さがちょうどよかったようで、レイは深く息をはいた。

「こういう茶は初めて飲んだな」

「王族の方には馴染みがないのかもしれません。イリュシアの神殿ではよく作っていました。目の疲れに効くんですよ。日光で目が痛むときにもいいんです」

ぴく、とレイの肩が揺れた。苛烈さを増した視線がセレンを一瞥し、なにかが気に障ったのだとわかって、慌てて膝をつき直す。

「すみません。昼間も、目が痛いから頭痛がするのかなと……神殿の料理長が頭痛持ちで、よくこめかみを押さえていたので、レイ様もそうなのかと思ってしまったんです。出すぎた真似でしたら、申し訳ありません」

「――――いや」

レイは気まずげに視線を逸らし、お茶をぐっと飲んだ。

「たしかに今日はたまたま、目が疲れていたんだ。よく気づいたと思っただけだ」

「……ご奉仕してるときは、レイ様のお顔も見るので……」

「わかったわかった。舐めるあいだがよっぽど暇なんだな」

カップを突き出しておかわりを要求し、それも綺麗に飲み干すと、レイはにっと笑ってみせた。

「今日は暇にならないようにしてやろう。来い」

立ち上がった彼はまっすぐ寝台に向かう。セレンは慌てて追いかけた。

「でも、今日は気分じゃないっておっしゃいました」

「気が変わることくらいおまえにもあるだろう。仰向けになってみろ」

そのつもりで来たわけではなかったから、身体は綺麗にしてあるけれど、服は紺色の、レイのくれた普段着だ。セレンはおずおずと寝台に上がって仰臥《ぎょうが》した。

身体に触れられるのは久しぶりだ。緊張で胸がどきどきするのを、これもご奉仕だ、と言い聞かせて抑えこもうとする。そのあいだにも、レイは手慣れた仕草で脱がせていく。普段の奉仕のときはつけていない下着まで剥ぎ取ると、大きく脚をひらかせた。

「セレンのここは小さいな。まるで神子のようだ」

「……神子じゃないのに小さいのは、変ですか？」

しみじみと股間を見つめられると恥ずかしい。他人のなんて、レイの以外見たことがないからわからないが、なんとなく、自分よりレイのほうが規格外な気がする。レイは「いや」と首を振った。

「おまえには似合っている。ただ、身体にはもう少し肉をつけたほうがいいな。細すぎる」

「ちゃんと食事はいただいてます」

「あやしいものだ。きちんと食ってるなら、精の出だってもっといいはずだぞ？」

ゆっくりと幹を握られて、ぞくぞくと鳥肌が立った。ここに触れられるのも初めてのとき以来だ。かたちをなぞるように全体を撫でられて、生き物のようにぴくぴくと動くのがわかった。

身体の奥から、なにかがこみ上げてくるような心地がする。

「それは……っ、な、慣れて、ないから、……」

「精の量は慣れとは関係ないだろう。——こすられても感じないのか？」

レイは先端をいじり回してくる。じゅわっと粗相してしまいそうな熱が性器の芯に走って、
セレンはシーツを踵《かかと》で蹴った。

(だめ……気持ちよく、なりそう……)

「へ、へんな感じは、します……」

「尻の孔のほうが快感が強いか。普通はここが気持ちいいんだぞ」

裏側の筋をなぞられるのは少しくすぐったい。ん、と声を漏らしてしまうと、レイは笑みをひらめかせた。

「やはりセレンは、舐めてやるのがいいみたいだな」

「舐めてって、レイ様、まさか……っ」

それを口に含むつもりでは、と気がついて、セレンは慌てて上半身を起こそうとした。わずかに早く、レイの頭が股間に埋まる。音もなくすっぽりと含み込まれ、濡れている、と感じた瞬間、身体が反り返った。

「ん、ぁっ……っ、レイ、様っ、だ、だめ……っ」

応《いら》えはなく、ねっとり舌が絡みついた。ぬるぬるしてあたたかい舌がセレンの幹をこすり、根元まで含んだかと思うと、唇が丸く締めつけてくる。そのまま抜けるまで締めつけてしごかれ、舌先で先端の浅い割れ目をつつかれて、セレンは呆然とした。

こんな、我慢できない感覚は味わったことがない。セレンが舐めているときのレイはもっと落ち着いているのに、レイに舐められると、尻がひくひくと動いてしまう。性器は見たことのない角度まで反り返って、先端から糸を引いていた。

「今にも出そうだ。少しは我慢したほうが楽しめるぞ」

レイは薄く笑ってしなった性器をつまみ、今度は根元に口づけた。これもいつもセレンがしているように、茎の下——袋の部分を含んで、舐め転がしてくる。

「——ッ、ん、……ん、ぅ、……っ」

咄嗟に口を押さえたけれど、くねる腰はどうしようもなかった。手でされるのとは比べものにならない。よく動く舌に転がされると袋の中の丸い塊がきゅうっと硬くなってしまう。びくん、と大きく腰を跳ね上げると、レイは両脚をさらに広げさせた。

膝を胸のほうに押し上げ、セレンの顔を見ながら、袋とすぼまりのあいだのやわらかいところにも舌を這わせる。一瞬のくすぐったさはすぐに痺れるような快感に変わり、セレンは唇をわななかせた。

「っレイ、様、だめです、……っ、おねが、……ぁ、あッ」

ついに舌がすぼまりに触れた。こまかい襞をひとつずつ撫でるように、こきざみに揺らして舐められる。きゅんと収縮したところにぬめってあたたかい舌が差し込まれ、びっ……と全身が震えた。

「――っ、あ、……や、なかっ、やめ、……っぁ、ああ、……っ」

ぬちゅぬちゅ音をさせて舌が出入りする。濡れそぼったすぼまりのまわりをレイは親指を使って左右にひらき、ぱっくりと口を開けさせて、中で舌を遊ばせた。あたたかい粘膜と粘膜が触れあうと燃えるようにも、溶け崩れるようにも感じる。舐められている場所だけでなく、もっと深いところまでがぐずぐずとぬかるんでいくようだ。

もうだめだ、と感じて、涙がにじんだ。

「つゆるし、て……っいや、ぁ……っ、――ッ!」

懇願した直後、奥のほうまで舌が入り込んで、セレンは身体をつっぱらせた。激しい失墜感につま先が丸まり、花芯からはぽたぽたと精が落ちる。

息さえできずに達したセレンの吐精が終わるまで、間近で見ていたレイは、舌を抜き取るとくったりした性器を撫でた。

「つあ、さわっ、らな、ぁっ」

「前より後ろが感じやすいとは思っていたが、舐めるといっそういいようだ。あっけなく出た――量も、この前よりは多い」

腹に散った白濁を拭って見せられ、セレンは喘ぎながらレイを見上げた。

「すみません……だめな、ところばかりで」

「だめとは言ってない」

レイは濡れた手で太ももを撫で、またすぼまりに触れた。ぐっと指が押し込まれて、かくんと顎が上がってしまう。

「つ、あ、は、……ぁっ」

「やわらかい。指もうまそうに食《は》むじゃないか」

入ってくるのは両方の中指だった。入れた状態で左右に引っ張られ、濡れたすぼまりが奥のほうまですうすうする。セレンは口を押さえた。

「レイ、様……っ、まさか、続き、も」

「ああ。する」

楽しげに言ってレイは中をさすった。圧をかけて拡張される感覚。違和感に腹が竦むけれど、なにより恐ろしいのは痛みがないことだった。ひくつくすぼまりも、指で触られている粘膜も、それよりもっと深いところも——じわじわと疼くこの感じは。

「ぁ、……あ、……っ、あ、」

気持ちいい、と呆然としてセレンはかぶりを振った。これでは、レイの大きなものを入れられても、きっと感じてしまう。

(ご奉仕なのに……役に立つために、こうしてるはずなのに)

いや、と小さく喘ぐセレンが怯えていると思ったのか、レイは指を抜くと髪に口づけた。

「痛ければまた馴染むまで待ってやる。そう怯えるな」

「レイ様……っ、僕は、……っ、あ、……ッ、く、ぅっ」

あてがわれた雄の象徴が、濡れた襞には熱く感じられた。ずぷりと穿たれて痛みを覚え、よかった痛い、と思ったのもつかのま、強く押し込まれると背筋に稲妻が走った。

「……っぁ、ん、……あぁっ、……ふ、……ぁッ」

ゆるく抜き差しを繰り返しながら奥へと入りこまれるたび、ぞくぞくと寒気に似たものが肌を走る。下腹はずっしり重い。レイの硬いものに穿たれて、体内が歪み、とろとろに溶けていく気がした。

「は、……ぅッ、……ふぁッ、……んッ」

「ずいぶん具合がよくなった」

笑ったレイが、セレンの腹を撫でた。

「わかるか？　前より奥まで含めるようになったぞ」

「わ、わかりませ、んっ、あぁっ、や、ぁあっ、あッ」

「わかるはずだ。このねっとり熱い場所——突き当たっているのが感じられるだろう？」

レイの赤い舌が楽しげにひらめいて唇を舐める。じっと見つめられていることに耐えきれず、セレンは目を閉じてシーツを握りしめた。

「見、ない、で……ください」

「なぜ？」

「ひどい、顔を……っぁ、ア……ッ、あ、ぁッ」

揺するように突かれ、目を閉じていても目眩がした。奥だ。レイの言うとおり、考えたこともないような深いところまで占領されて、行きどまりの粘膜を捏ね回されている。

内臓を直接こすられ、かき乱される異物感はたしかにあるのに、どうしてこれが気持ちいいんだろう。

「いい顔だ。よだれを垂らして、快感に素直なのがよくわかる」

焦らない動きで奥壁を狙いながら、レイは身体を倒して鼻先に口づけた。

「気持ちがいいなら、シーツなど握らずに俺の背中に手を回せ」

「っできませ、……っぁ、んぅっ、あッ」

「気持ちよくないか？　ならば気持ちよくなれるまで、こうして収めておくが」

「……そんな……、ッ、あ、……っく、……ん、……っ」

「声は出せ。まだ二度目だ、堪《こら》えたほうがつらい。――手を」

シーツにきつく爪を立てたセレンの手を、レイは優しくひきはがして、自分の首筋に導いた。

「しがみついたほうが楽だ。やってみろ」

「――っ、ん、……っ」

それでは抱きしめあう恋人みたいだ。そう思っても、命令する口調には逆らえなかった。おずおずと両手を回し、ひどく悲しい気がして声が湿る。

「ごめんなさい……っ、僕、今日は……お詫び、して、罰だって受ける、覚悟で……っ、ん、ぅっ」

「口淫を失敗したくらいで罰がほしいのか？　従順を通り越して卑屈だぞ」

髪を梳いたレイは、耳にも口づけてくる。

「命令されるほうが興奮する淫らな性癖ならまだいいんだがな。――どうしても、というならこれが罰だと思え」

「……こ、れ？」

「神子でもないのに犯されることだ。今日も中に出す。おまえも慣れたようだから、二回放ってやろう」

「二回……、ぁ、……っん、んぁ、ああッ」

ずん、と強く突き上げられて、声がいやらしく上ずった。どう聞いても罰を受けているようには思えない、甘えた声だった。だめです、とかぶりを振ろうとしてまた突かれ、セレンは無意識にレイの首筋にすがりついた。

「ッン、あ、……ッ、ぁ、……っは、んっ」

頭の芯までちかちかした。レイを呑み込んだ襞がつぶれて、じゅくじゅくと爛《ただ》れているように思える。熟れた果物みたいにやわらかくなって、そこに太くたくましいレイが収まっているのが——気持ちいい。

(……うれしい)

苦しいくらいみっちりと嵌《は》め込まれているのだと思うと、いけないとわかっていて心がざわめく。喜んだりしていい立場ではないのに。ただ命令に従うだけだと、あれほど戒めたのに——甘い気持ちがこみ上げてくる。

レイ様、と呼びそうになって、セレンは唇を噛んだ。一度息を飲み込んで、自分から腰を持ち上げる。嫌われ、呆れられなければとそれだけ思いつめ、ほしがるように尻を振った。

機嫌を損ねてもらって、ちゃんと罰をもらわなければ……勘違いしてしまうから。

「も、っと」

はしたなく聞こえますように、と願ったとおり、濡れた声が出た。

「強く……はげしく、してくださ……っ」

「ねだるのか」

唸るようにレイが言って、セレンの耳に歯を当てた。

「特別聞いてやるから、おまえもいってみせろ」

「……は、い、い、きま、……っあ、んんッ、アッ」

耳の中に舌を差し込まれ、セレンは膝でレイの身体を挟み込むようにして悶《もだ》えた。びゅく、と噴いてしまうのがわかる。痙攣してレイのものを締めつけてしまい、それにも感じてきゅん、と意識が痺れ、だらしなく口を開けて喘ぐ。

「言うそばから極めたな。俺がいくまでに、何回いくか楽しみだ」

機嫌よく囁いたレイが、力の抜けたセレンの腰のくびれを掴んだ。狙いをつけて穿たれるのだ、とわかって、セレンは目を閉じて待ち受けた。どうか少しでも苦痛を感じられますように、と願いながら。


日差しが強くなりはじめた中庭を眺めながら、セレンは手首を押さえてため息をついた。今日も暑くなりそうだ。冬こそ冷える日もあるものの、リザニアールの夏は長くて暑い。砂漠の中にあるイリュシアの町に比べれば、王都はまだ涼しいし、王宮の中は心地よく過ごせるように建物にも工夫がされているけれど——身体がだるいときには暑さがこたえる。

神子たちの前で奉仕をさせられた日から一週間。レイは以前と同じくかかさずセレンを部屋に呼びつけていた。

変わったのは、必ず身体をつなげるようになったことだ。少なくとも一度は、レイのものを体内に受け入れて、中に精を放たれる。

多い日には三度抱かれることもあって、昨夜はさすがに、一度だけにしてほしい、と頼んでしまった。神子たちの前、特にヨシュアの前で、また具合の悪いそぶりを見せたくなかったから、迷った末にお願いしたのだけれど、「わかった」と言ってくれたレイは、そのかわりにセレンを口で極めさせた。

性器だけでなく、胸や手、足指まで丹念に舐められ、高められて精を放つところをじっくり見られて、三回達したあとからは涙がとまらなくなった。快感もすぎればつらいのだ。泣いてももちろんレイが許してくれるはずもなく、薄い精も出なくなるまでいかされて、今朝はなかなか起き上がれなかった。

使用人が顔を洗う水盥《みずだらい》とお茶を持ってくるまで立てなかったセレンに、レイは褒美だと言って、綺麗な腕飾りをくれて——手首に絡みつくきらきらした宝石が、セレンをふさいだ気持ちにさせていた。

本当は外したいのだが、夜は必ずこれをつけてこい、と言われているし、金具は複雑なかたちをしている。外せたとしてもひとりではつけ直せそうにない。

祈りの時間で出払っている神子たちが戻ってきて、見られたらなんと言われるだろう、と思うと、またため息が出てしまった。

そこに、見慣れた顔が中庭から覗いた。

「セレン」

「ダニエル！」

三日に一度は神子殿に来てくれる、獣係の男だった。セレンは中庭におりて出迎えた。

「まだ神子様たちはお祈りの時間です。今日はいらっしゃる予定でした？」

「いや。レイ王子に頼まれて」

「――レイ様？」

「おいで。レイ様がお待ちだから」

ついてくると疑わない動きで背を向けられ、セレンは慌てて追いかけた。

「ダニエルは、レイ様のこともご存じなんですね。エクエス様かミリア様にお仕えしているのかと思っていました」

「俺は獣の調教をしているからな。レイ様がまだお小さいころは、馬や鷹の扱い方をお教えしたんだ」

ダニエルは庭を抜けると、セレンが行ったことのない方向へ続く道を歩いていく。生垣のあいだを抜け、木戸をひとつ抜けた先は、厩《うまや》や鳥小屋が並んでいた。どの動物たちもダニエルを見ると、気を引きたそうに羽ばたいたり鳴いたりする。

「こんなところがあるんですね」

「神子殿に連れていかないときや王族に呼ばれない限りは、ここで世話をしている。……セレンも、暇なときがあったら遊びに来ればいい」

「……え、でも」

使用人たちは基本的に、命令がなければ決められた区画にしか出入りできない。ダニエルは「ああ」とわずかに笑みを見せた。

「大丈夫だ。神子様たちが部屋で可愛がっている鳥もいるから、神子殿の使用人はここにも自由に来てかまわないんだ。もし急に動物の具合が悪くなったときに、いちいち使いをたてていたら面倒だろう？」

「そうなんですね。……じゃあ、今度来てみます」

動物にはあまり馴染みがない。神子殿にも綺麗な鳥はいたが、馬や鷹は近くで見たことがないし、ロバだって神の庭から王宮に来るときに初めて乗った。可愛がってみたくても、仕事に追われる身ではゆっくり撫でる時間はなかった。

「僕は慣れていないから、大きい動物は少し怖いんですけど……みんな、ダニエルにはなついていますよね」

「動物でも、世話をする人間はわかるし、主と定めた相手には献身的だ。自分に害をなす存在かどうかは人間よりずっと正確に見抜く。……セレンも、穏やかな気持ちで向き合えば、皆すぐになつくよ」

見覚えのある鸚鵡や鷹、ヤギを見ながら通りすぎると、その先はもう高い城壁だった。その城壁に、粗末なフードつきの服を着た男が背を預けていて、セレンはどきりとした。

フードから覗いている髪は金色だ。

「――レイ、様？」

「よくわかったじゃないか」

フードをかるく上げて笑ったのはたしかにレイだった。手招かれて駆け寄ると、「俺はこれで」とダニエルが頭を下げた。レイは手を上げただけで答え、城壁に取りつけられた小さな門を開けた。

外はひとけのない、それほど広くない通りだ。ここはもう城の外では、と後ろを振り返ると、ダニエルが門を閉めるところだった。セレンは困惑してレイを見上げた。

「レイ様……どこかに、お出かけですか？」

「ああ。市場に行く」

「でしたらちゃんとおつきの方を連れていかないと。僕、呼んできます」

「ぞろぞろ連れて歩いたら窮屈だろう。そのためにこうして庶民の服を着てるんだ。ほら」

後退ろうとした肩に手を回されて、セレンは顔が熱くなるのを感じた。——つまり、レイはお忍びで出かけようとして、そのお供に自分が選ばれた、ということか。

「僕、あまり腕力とかは、ないんですけど」

もしレイが暴漢に襲われたりしたら、とてもセレンひとりでは守れない。すがるように見上げたが、レイは面白そうにわずかに笑っただけだった。

「腕力は街歩きには必要ないぞ」

「だって、もし襲われたりしたら——」

「今まで一度も襲われたことはないし、万が一襲われてもおまえのことも守ってやれるさ。今日はせっかくいいものを見せてやるんだから、そんなに心細そうな顔をするな」

「……いいもの、ですか？」

「おまえの好きなものだ」

レイは笑って前を向く。機嫌がいいのだとわかって、セレンは驚きで強張っていた肩から力を抜いた。

(最近のレイ様、目の調子もよさそう。だからかな、機嫌がいいのは)

桑の実を使ったお茶は気に入ってくれたようで、あれ以来毎晩淹れている。そのおかげだと自惚《うぬぼ》れる気はないが、眉間に皺を寄せてこめかみを揉んだり、疲れた顔をすることは減っていた。気分がいいから、外出したくなったのかもしれない。

王子様がふらふら王宮を出ていくのは普通のこととは思えないけれど——とレイの横顔を盗み見て、セレンはちくちくとした痛みを心臓のあたりに覚えた。

昼食の時間にセレンが控えていないと気づいたら、ヨシュアはどう思うだろう。神子たちは——とくにサヴァンは不愉快な顔をするに違いなかった。

(またレイ様の評判が落ちたらいやだな)

お茶会での振る舞いのおかげで、神子たちの中でレイの評判は、今までにないほど悪くなっていた。その分みんなセレンに優しいけれど、単純に喜べるはずもなかった。レイ様は悪い方じゃない、と擁護すれば、ヨシュア以外の神子までが「セレンはレイ様に恋したのね」などと憐れむ目を向けてくる。口さがないサヴァンは、レイがセレンに入れ込むのは王の素質が欠けているからで、下働き程度が似合いということだと言って笑ったりするのだ。

自分のせいでレイの評判が余計に落ちるのは心苦しい。

本当だったら、こんなふうに二人きりで出かけられるような立場ではないのに。

自然と足が遅くなったセレンを、レイは振り返る。

「どうした？　腰でも痛むか」

「いえ、大丈夫です。……あの」

セレンは飾りをつけられた手首を差し出した。

「これ、お返しします」

「気に入らないか？　もっと高価な石を使ったものをやろうか」

「そうじゃなくて……僕は使用人なんです」

わかっているはずなのにとぼけるレイを見上げて、セレンは訴えた。

「レイ様、王宮でなんて言われているかご存じですか？　お気に入りのおもちゃにうつつを抜かしてる、なんて言われておいでなんですよ。宝石を使った腕飾りなんか僕がしていたら、ほらやっぱりって、みんな思ってしまいます」

「事実だからかまわないだろう」

レイは手首を掴むと強く引いた。よろけたセレンを抱き寄せて、耳に唇を押し当てる。

「なにか言われたらセレンも言い返せ。悔しければおまえも王子に寵愛されてみろ、と」

「……ご寵愛はいただいてません。レイ様、僕のこと好きなわけじゃないでしょう」

「なんだ、今の扱いでは不満か？　存外欲張りだな」

からかうようにレイは笑う。足をとめることなく歩いて広い通りに出て、行き交う人が増えても、セレンをそばから離そうとしなかった。それどころか、人目も気にせず髪に触れてくる。

「考え直したんだ。最初はおまえにも嫌われるつもりだった。だが、楽しくもない役目をやらせるのに、つらい思いだけではわりにあわないだろう」

「……？」

少し気まずげになったレイの言葉の意味が、セレンにはよくわからなかった。どういうことですか、と聞き返そうとして、すぐそばを通る荷車の音に声をかき消されてしまう。歩くにつれて、荷車や荷物を積んだロバ、旅装の人々や街に住んでいるのだろう人の姿が増えてくる。ろくに景色を見ていなかったセレンは、思わず目を奪われた。

イリュシアの町と違って、王都の道や建物は薄い茶色をしている。けれど目につくのはかさついたその色よりも、鮮やかな色彩だった。建物から張り出す日よけ布の、赤と黄色の縞《しま》。ところどころに置かれたテーブルと椅子でくつろいでいる人たちの、赤茶や青と白の縞模様の服。籠に入った甘蕉《かんしょう》の黄色と蜜瓜の緑。外の壁にかけられた硝子の飾りはどれも細かな模様で、青や紫、赤が日差しを反射してきらめいている。窓に並んだ鉢植えはそれ自体が青や緑に綺麗に塗られ、赤や桃色、橙《だいだい》色の花がこぼれるように咲いていた。

道は途中で二股にわかれたり、ゆるく湾曲したりしていて、規則正しいかたちにはなっていない。路地では歌いながら踊る娘たちがいて、打ち鳴らされる楽器の音が広い通りにまで響いてくる。人々のしゃべる声が熱を帯びた風にまじってうるさいほどで、セレンは無意識にレイのほうに身を寄せた。

こんなにたくさん人がいるのも、雑多にものや色が溢れているのも見たことがない。

「神の庭と違って、ここは賑やかだろう」

レイは肩を引き寄せてくれる。

「イリュシアには八百人ほどしか住んでいないが、ここは外の村を含めれば数万の民がいる。外国から運ばれてきた荷も、我が国からほかの国へ売られる荷も、一度はこの王都に集まるんだ。この先にある、大きな天蓋付きの市場でなんでも売り買いされる」

「……想像もつきません」

万なんて、ものの例えでしか聞いたことのない数字で、数えきれないくらいたくさんというのと同じだとセレンには思える。聞くだけでも目眩がしそうだったが、道の先には、大きな洞窟のように、巨大な建物が口を開けていた。

「あそこが、市場ですか？」

イリュシアの町には市場がない。必要なものは貢物として、王都や外の村から運ばれてくるのだ。神子たちが使う楽器や服は町の中で、元神子たちが作ることが多い。せいぜい、門の外の村で露店で食べ物が売り買いされているのを見たことがあるくらいだった。

今目の前にあるのは、まだ新しい大きな棟二つのあいだに屋根を渡してひとつにしたような建物の入り口で、眩しいほど明るい外からは中の様子がよく見えない。ただ、大勢の人が吸い込まれていく。セレンもレイに守られるように肩を抱かれたまま、入り口をくぐった。

「……っ」

入ってしまえばそれほど暗くなかった。上のほうにあかり取りの窓があり、ところ狭しと品物を並べた店はどこも、昼だというのにあかりをともしている。どういう構造なのか、ときおり風が吹き抜けていて、日差しがない分外よりも圧倒的に涼しい。

足がとまってしまったのは、あまりにも景色が雑然としていたからだった。外の通りだって十分ごちゃごちゃして見えたのに、ここは物も人も多すぎる。

通路にまで大量につまれた商品のあいだから、店主たちは元気よく呼び込みをしていた。

「やあそこのお姉さん、ちょっと飲んでいきなよ、葡萄《ぶどう》もある、ミントティーもある！」

「ランプ、ランプはどうだい！　青も緑も赤も、うちはみんな同じ値段だよ！」

「旅をするなら枕と敷物は必需品だ。見るだけでも寄っていってておくれ！」

そぞろ歩く人々に向かってってんでに声を張り上げるから、賑やかを通り越して騒々しい。大量に鳥籠を並べた店では鳥の声もあいまって、耳がおかしくなりそうだった。

よく慣れてるよ、と旅行客に鸚鵡を触らせようとしていた男が、レイに気づいて明るい笑顔になる。

「やあ、あんたか。久しぶりじゃないかい？　どうだね、おたくで一羽」

「うちにはもう十分だ」

レイが笑ってこたえて、セレンはつい目を丸くした。フードをかぶってはいるが、セレンからは顔がはっきり見える。その顔に愛想笑いでも馬鹿にするのでもない、ごく穏やかな笑みが浮かんでいた。

だろうねえ、と残念そうでもなく笑った店主は熱いお茶を出してくれて、レイは「どうだった？」と尋ねる。悪くなかったね、と店主が答えた。

「今年は水の月にたくさん雨が降ったから、どこも池が涸《か》れる心配はなさそうだ。あとはイナゴがわかなきゃ豊作だねえ。雛《ひな》もたくさん巣立ったよ」

灰色に大きな赤い嘴《くちばし》の、見たことのない鳥を撫でた店主は、商人たちも戻ってきてる、とにこにこして、レイが「助かるよ」と笑ってお茶を飲み干した。店主は気さくにセレンにも手を振ってくれ、セレンは驚きが消えないままレイを追いかけた。

鳥の店だけでなく、レイはあちこちで声をかけられる。ふくふくと丸い身体の女性からは串に刺した肉をもらい、別の店では腰の曲がったおじいちゃんにレイから声をかけて、まるでみんなが知り合いのようだった。

そうして誰も、レイのフードからこぼれた金の髪を気にする様子がない。これだけたくさんの人がいても金の髪をしているのはレイひとりで、その特徴を第一王子も有していることは、知らぬ者などいないはずなのに。

レイもまた、普段の険しい態度や尊大な口ぶりが嘘のように、穏やかで気のいい青年のように見えた。旅装のままの商人からは外国の様子を聞き、また別の店では「このあいだはありがとう」と礼を言われる。気がついて挨拶をするだけの人もたくさんいて、そのたびに返事をするレイは、落ち着いてくつろいでいるように見えた。

めた。

（……こんなレイ様、初めて見る）

ぼうっと見つめながらついていくと、長い市場の出口が見えてくる。レイがようやく足をと

「上を見てみろ」

笑みまじりに指さされ、なんだろう、と仰ぎ見て、セレンは小さく声をあげた。

「天井が……」

入り口あたりでは大きな木の葉や皮を組んだ素朴な屋根だったはずが、真上の天井は石ででき
ていて、美しく彩られていた。清潔な水色と白の配色は神殿の装飾を思わせるが、蔦《つた》に花を
あしらった図案は自由で生き生きしている。

「王都にも、民が礼拝するための神殿があるんだ。ここの天井は神殿の色を真似てある」

「色がイリュシアの神殿に似てるなって思いました。……綺麗」

「旅人にも人気があるから、商人たちも気に入っているようだ。もっとも、あの装飾は作るの
に時間がかかるから、まだこのあたりしか完成していないんだが」

「じゃあ、全部できあがったら、天井はみんなこんなふうになるんですか？」

「その予定だ。三年前から両側の建物の工事をはじめてやっとここまでできたから、あと三年
はかかるだろうな」

「僕、屋根がついている市場なんて初めて見ました。王都はすごいんですね」

王宮の天井も綺麗だけれど、ここの天井はなんだか見ていると気持ちが浮き立つ。活気ある市場にはぴったりに思えた。

「以前は王都でも市場は露店だったんだ。大通りに皆が天幕を張って、道に品物を並べていた。だがここは山が近いから、水の月はもちろん、緑の月も、終わりの月にも雨が降ることがある。そのたびに商品に被害が出るし、人が多すぎて、商人が街にいるあいだに住む場所もろくになかった。それで彼らに意見を聞いて、大通りの両脇に建物を建てて、通り自体に屋根をつけることにしたんだ。建物は店にもなるし、住居にも倉庫にもなる。裏側には商人同士が取引をする場所もあるぞ」

「――レイ様が、造ったんですか？」

これほど大掛かりな施設なら、もう街の一部だ。王様や偉い人が造ると決めなければできないだろう。王子としての責務は投げ出していると噂なのに、誇らしげに市場を見渡すレイを見ていると、とてもそうは思えなかった。なのにレイは笑う。

「いや。もちろん、計画を立てて遂行したのはエクエスだ」

「――」

だったら、どうして市場の人たちは皆、レイに親しげなのだろう。

眉を寄せてしまったセレンの頭を、レイは笑って撫でた。

「細かいことは気にするな。おまえが天井が好きだから、一度見せてやりたいと思って連れてきただけだ」

「天井を……」

きゅっと胸が疼いて、セレンはもう一度上を見た。雨季が終わった直後の空のような、明るい水色だ。綺麗で、心が晴れやかになるような、優しい色。

「これを見せるために、連れてきてくださったんですか？」

「ああ。どうだ？　少しは楽しいか？」

「……嬉しい、です」

なぜか息が苦しくなって、セレンは俯いてしまった。レイがいやがるとわかっていて、足元を見つめる。レイがあまりに優しい。こんなことをされたら、本当に勘違いしてしまう。

不釣り合いな愛情に、舞い上がってしまう。

「――でも、こんなによくしていただくのは、困ります」

「困る？　なぜだ」

レイはセレンの顔を覗き込み、慌てたように手を引いた。串に刺した果物を買い、天井のある市場を抜け出ると、道端に積み上げた箱の上に、セレンを座らせる。

「ほら、食べろ。桃は甘くてうまい」

「……レイ様が召し上がってください」

「桃は嫌いか？　どうしてそんなつらそうな顔をする」

首を横に振ったセレンに、レイは困ったように膝をついた。フードが外れるのもかまわず、なにがいやなんだ、と囁いて顔を撫でられ、セレンのほうが動揺してしまった。

「レイ様！　王子様が地面に膝なんか……っ、立ってください」

「市場の天井なんか見たくなかったならそう言えばいい。正直に言わないかぎり俺はこうして膝をついておくぞ」

レイは真剣な表情だった。果物の串をセレンに握らせて、その手をやわらかく握りしめる。

「――正直に言えば、おまえのことは従順そうな、都合のいい道具だと思っていた」

「わかっています。だから……」

「ちゃんと聞け。最初は、ということだ。神の庭でテアーズにいびられていただろう。俺はあいうやり方が好きじゃないから腹が立ったのもあるが、おとなしくいじめられているくらいだから、扱いやすいだろうと思ったんだ。痩せて手もぼろぼろになるくらい働く真面目な下働きは、いかにも最低な王子が抱いて、下品な奉仕をさせて、飽きたら捨てるための道具にはちょうどいいと」

レイは自嘲するような口ぶりで、労《いたわ》るようにセレンの指を撫でた。

「神子には確実に嫌われるだろう？　おまえにも嫌われるつもりで、ひどい扱いをした。人前で口淫させたり、初めてなのにろくに労りもしなかったり、毎夜奉仕をさせたり――苦痛で当たり前だ。だからその分も、これからはセレンに報いたい。天井の細工に気づくのなど、褒美にもなんにもならないからな」

「レイ様……」

「セレンの好きなことや嫌いなことを、ちゃんと教えてくれ。わかっていないと報いるのも難しいから」

後ろを通りすぎる人が、セレンの前で跪くレイに物珍しげな視線を投げていくのに、彼はただ一心にセレンだけを見ている。譲る気配のないまっすぐな視線に、風に撫でられたように胸がざわめいた。

やはりこの人は、横暴で尊大な厄介者なんかじゃない。

「ご褒美とか、報いるだとか、そういうのはいりません。僕は、役に立てるなら道具でいいんです。それにレイ様は、最初からお優しかったです」

「嘘をつかなくていい。つらかったのはわかっている」

「嘘じゃないです。口でのご奉仕が全然うまくならないっておっしゃっても、折檻もしなかったし、怒鳴ったりもしないで、毎晩呼んでくださいました」

「……それは、優しいうちには入らない」

「お優しいです。最初のときだって、レイ様、朝まで同じ寝台で眠らせてくださったでしょう。最近、何度かすることが多くなって……一度じゃ足りなかったはずなのに、怒られなかったことを思い出して、改めてお優しいなって思ったんです」

「あれはただ、朝まで一緒にいるという既成事実のためだ」

「でしたら、僕は床でもよかったのに」

「……俺は人間を不必要に雑に扱うのは好きじゃないだけだ。だが、なるほど——よくわかった」

やっと立ち上がったレイは複雑な表情だった。セレンの隣に腰かけて、肩に手を回す。あまつさえ引き寄せて頭に唇が押し当てられ、セレンはどきりとして身を硬くした。

「わ、わかったなら離してください！」

「神の庭では、おまえの扱いはよほど悪かったんだとよくわかった。だから俺にも優しいなんて言えるんだ」

「違います。神殿でも、僕はべつに、ひどい扱いを受けていたわけじゃないですよ。むしろ、よくしていただいていました。叱られたり、嫌われたりするのは仕方のないことですから」

神官長たちに迷惑がかかってはいけないと、焦ってそう口にして、セレンは余計に慌てた。最後の一言は言うべきではなかった。案の定、レイは不審げに眉を寄せた。

「なぜ仕方がないんだ？　使用人とて、無意味に叱ったり罰を与えるべきではないだろう」

「——僕は、その」

言いよどんで、テアーズ神官長の冷ややかな顔を思い出す。母のことは決して口にするなと言われている。すべて包み隠さず告白すれば、レイだって決して心穏やかではいられないだろう。テアーズがセレンに向けるような、下劣なものを見るような目をされたり、なぜ黙っていたのかと怒られるかもしれないと思うと、とても言う勇気が出ない。

でも、本当なら、打ち明けるべきなのだ。向けてもらっている優しさにすがって、都合の悪い事実を隠しておくなんて卑怯《ひきょう》なことだ。

蔑まれるくらいでちょうどいい。優しくしてもらえる立場ではないのだから。手頃な道具程度の扱いをしてもらわなければ、セレンの心がもたない。

(好きになっちゃいけないいなら、嫌われたほうが早い……よね)

迷った末に、セレンは半分だけ打ち明けることにした。

「僕は……罪の子なんです」

桃の串を握って、白くみずみずしい果物を見つめる。

「親が――重い罪を犯したので、僕は生まれるべきではなかったんです。捨てられたり、殺されたりしても仕方がなかったのに、神官の方々がご厚意で、下働きとして神殿に住めるようにしてくださいました」

「まさか、だからつらくあたられても仕方がない、とでも思っているのか？」

レイは不満そうだった。

「親が罪人かどうかなどはおまえには関係ないだろう」

「……関係、ない？」

なにを馬鹿な、と言いたげな口調に胸をつかれて、セレンはレイのほうを振り向いてしまった。レイは当然のように頷いた。

「親が真面目でも不真面目な子供が生まれることもあれば、顔かたちさえ似ないこともある。職人の子だって、学ばなければ職人にはなれないんだ。罪人の子が必ず罪を犯すわけではないし、だいたいなりたくて罪人になるやつはまずいない。まして生まれながらに悪いものだと決めつけるのはおかしいだろう」

きっぱり言いきる口調にも表情にも、迷いや軽蔑の色はなかった。

「『罪の子』などという呼称は言いがかりだ。セレンにはなんの罪もないのに」

「……そんなこと、初めて言われました」

声がかすれ、遅れて肌が粟立った。

信じられなかった。神殿では、神官長がどれほど理不尽な怒鳴り方をしても、事情を知る神官たちは決してセレンをかばわなかった。むしろ皆、当たり前だという顔をしていた。だから事情を知らない使用人や神子までが、セレンのことは蔑むか、憐れむかだった。

セレン自身、それが普通だと思ってきたのだ。

そうだろうな、と呟いたレイが前髪を指で払いのける。

「罪の意識であんなに頑なに下を向いていたのか？　せっかくこんな、心根そのままの清らかな顔をしているというのに」

静かな口調に耐えきれず目縁が熱くなり、涙がにじんだ。急いで目を閉じたけれど間に合わず、一筋流れてしまった涙を、レイがそっと拭ってくれた。

レイだって、セレンの親の罪の内容を知れば、同じことは言うまい。甘えてはいけない、と思うのに、喘ぐようにひらいた唇から小さな声が出る。

「僕の顔は、母に似ているそうなんです。——だから、誰にも思い出してほしくなくて」

「自分の顔が嫌いか？」

「……あまり、好きじゃないです」

「気持ちはわかるが、おまえくらいは好きでいてやれ。母親も可哀想だろう」

「……母が？」

「おまえに嫌われたくて、おまえを産んだわけではあるまい」

そう言われて初めて、セレンは気づいた。自分自身の存在だけでなく、セレンは母のことも、もちろん父のことも好きではないのだ。どうして、と彼らを責めたくて、自分が生まれてこなければよかった、と思っている。

必死に役に立たなければ居場所もないような、不必要な人間なら、最初からいないほうがよかったのに。

誰より、自分の顔を見せたくないのは——見たくないのは、セレン自身だ。

「僕は……僕は、嫌いです」

歪んだセレンの顔を、長い指が何度も撫でてくれる。震える唇も指で辿り、レイは労るように優しい笑みを見せた。

「おまえの母親のことは知らないが、俺はおまえの顔は好きだ」

「……っ」

ぼっ、と赤くなるのがわかって、セレンは咄嗟に顔を背けた。――こんなの、嬉しく思わないのは無理だ。

しつこくにじむ涙を拭って、そそくさとレイから身体を離す。

「そ、それはとても光栄です。でも、生まれのことをお話ししたのは、慰めていただきたいとか、褒めていただきたいとかじゃなくて……ただの使用人ですらないから、あんまり僕にばかり優しくすると、もっと悪い評判が立ってしまうって言いたかったんです」

「なるほど。俺の評判を気にして、困るとか腕輪を返すとか遠慮していたんだな。セレンは優しい」

レイはいつものように、強引にこちらを向かせることはしなかった。かわりに、耳朶に触れてくる。

「耳まで真っ赤だ」

びく、と震えてしまい、セレンは唇を噛んだ。動悸《どうき》が少しもおさまらない。さっきの「好き」には他意がないとわかっているのに、胸が痛いほどだった。

きっと誰にでも、それこそ鸚鵡にでも口にする類の「好き」なのに、嬉しくて舞い上がってしまいそうだ。いっそのこと舞い上がってしまいたい気持ちになるほど。

（……レイ様を、好きになったら――どんな気持ちがするんだろう）

もちろん、それはいけないことだ。いくらレイが否定してくれても、セレンの罪が消えたわけではない。だから恋はしない。生まれながらに迷惑をかけている自分に、セレンは恋というわがままを許す気にはなれない。

でも、レイに恋をしたら幸せだろう、と思うと、心が揺らぐ。

どうせ叶わないなら、ほんのひととき夢を見てもいいのではないか。

誰にも、もちろんレイにも言わず、胸のうちに秘めておくだけなら。

身じろぎもできず強張ったセレンの耳をいたずらっぽく撫でながら、レイは楽しげだった。

「おまえを連れてきてよかった」

「――レイ様」

高まりかけた興奮は、けれど、続いた言葉ですうっと消えた。

「たしかにおまえの言うとおり、セレンの出自を知れば、そんな下働きに入れ上げるとはと嘆く者も多いだろう。狭量な考え方だとは思うが、王にふさわしくない振る舞いだと思われるならいっそ好都合だ」

「好都合だなんて、そんな」

ああそうか、とせつなく思い、セレンはレイを見た。レイは、セレンが罪の子であるほうが都合がいいのだ。道具として。

レイは不遜なほどの笑みを浮かべて言い放つ。

「おまえだって知っているだろう？　俺は王になんてなりたくないから、評判が落ちるほうがいいんだ」

「知っています、けど」

「これまでどおり、セレンには俺を手伝ってもらいたい。といっても、なにかする必要はないんだ。俺の呼び出しに応じて、寵愛を受けていると皆が思えばそれでいい。もちろん、その見返りは今まで以上に用意しよう。今日みたいに遊びに連れてきたり、食事をともにしたり……ほしいものがあればなんでも贈るぞ」

「見返りだなんて、僕はなくていいです。……使用人は、ご命令に従うのが仕事ですから」

レイは優しいが、セレンに対する愛情があるわけではない。わかりきっていたはずの事実に今さら衝撃を受けている自分が愚かで、セレンは一度目を閉じた。深く息を吸って、恋をする前でよかった、と考える。

勘違いをして浮かれて、好きになってしまわなくてよかった。思い上がりを、レイは喜ばないだろうから。

ちゃんとお役に立とう、と決心し直して、レイと向きあう。

「どうして王様になりたくないんですか？　僕、レイ様は王様に向いていると思います」

「ほう、なぜ？」

「……さっき、市場でみんな、レイ様のことを慕っているみたいだったから。そういうの、人望がある、って言いますよね？」

「王宮ではないな。俺とおまえを並べてどっちがましな人間か、と王宮で聞いたら、全員おまえを選ぶぞ」

レイはいっそ愉快そうに言ったけれど、セレンは逆に悲しくなった。

「それで、エクエス様にお譲りするんですか？　エクエス様は、レイ様のほうが向いてるって言ってました」

「エクエスだって向いているさ」

「……王様って、そんなにいやなものですか？」

わざわざ悪評をたててまで、なりたがらないレイが不思議だった。

「エクエス様は、レイ王子を王にしたい人間もいるからだ、と説明してくださったけど、レイ様を信じている人なら、レイ様が説得すればわかってくださるんじゃないでしょうか」

そう口にすると、ふっとレイが黙り込んだ。硬くなった表情に拒絶の気配を感じて、セレンは慌てて頭を下げた。

「すみません、出すぎたことを申しました。でも……僕にはなにも言ってくださらなくていいですけど、せめてエクエス様とは、お話しになったほうがいいと思うんです」

「エクエスには、セレンよりも言えない」

「……え？」

思いがけない返答だった。レイは一瞬苦悩する表情を浮かべ、隠すように立ち上がった。

「桃は早く食べてしまうといい。――俺も、嘘が得意というわけじゃないんだ。情けないことにな」


あれはどういう意味だったのだろう。

翌日になってもレイの言葉と表情が頭を離れなくて、セレンは神子殿の自室でひとり、ぼんやりとしていた。

中庭からは、神子たちが動物と触れあってはしゃぐ声が聞こえてくる。本当ならセレンも近くに控えていなければならないのだが、朝から体調が悪く、ふらふらしていたら、使用人を取りまとめる長に休むようにと言われてしまった。

かといって寝込むほどでもなく、寝台に座ったままぼんやりしていると、どうしてもレイのことを考えてしまう。

嘘をつくのが得意じゃないのはいいとして、どうしてそれが「情けない」のか。

それに、昨晩は——中にも入れられず、口での奉仕もなく、舐めて極めさせられるのもなく、疲れたからと言って抱きしめて眠るだけだった。却って心配になって、セレンは珍しく、なかなか寝つけなかった。

レイにとっての自分は、都合のいい道具か、よくて協力者程度のものなのに、抱きしめて眠る必要があるだろうか。独り寝は嫌いだとエクエスが言っていたから、単純にぬくもりがほしいだけかもしれないけれど。

恋人のように胸に抱き込まれて同じ寝台にいても、改めてレイはとても遠い人なのだと思う。身分だけでなく、彼の心も、考えることも、遠くにありすぎてセレンにはわからない。

どうせ役に立つのなら、悪評を立てるためより、もっといいことでレイを助けられたらいい、と思っても、どうすればいいか見当もつかなかった。

ふう、と知らずため息をつくと、戸口に立てた衝立の向こうからヨシュアの声がした。

「セレン、入ってもいい？」

「どうぞ。……どうしたの？　ヨシュア、動物が好きなのに」

「具合、少しはよくなったかなと思って」

「平気。本当は休まなくても大丈夫なくらいだから」

「使用人長も心配してるんだよ。でも、顔色はよくなったみたいで安心した」

入ってきたヨシュアはセレンの隣に腰を下ろすと、隠しきれない笑みを口元に浮かべて顔を覗き込んでくる。

「ね。レイ様とはその後、どんな感じ？」

「どんな感じって？」

心なしかうきうきした口調が不思議だった。ヨシュアは得意げに指を立てた。

「僕の目に狂いがなければ、ちょっとはお優しくなったでしょう」

「……レイ様はもともと優しいよ」

「前よりもっていうことだよ。贈り物をくださるくらいだもの」

結局外せていない腕飾りを指さされ、セレンは気まずくそれを隠した。セレンだってうっかり勘違いしそうになったのだから、ヨシュアが好意の証だと思うのも無理はない。恋をして幸せを知ったヨシュアは、セレンにも幸せになってほしいと願ってくれているのだろう。

なにも言い訳できずにいると、ヨシュアはセレンの肩に頭をもたせかけた。

「サヴァンは、気まぐれでくださっただけだって言うけど、僕は違うと思うな。今までひどいことをしすぎたことをきっとレイ様も反省したんだよ」

そういえば、昨日レイも「反省した」と言っていた。そうして活気のある市場と美しい天井を見せてくれて、セレンに罪があるわけじゃないと言ってくれて――おまえの顔が好きだと言ってくれた。

思い出すと喉がつまったように苦しくなる。幸せそうにもたれかかったヨシュアは気づかずに、僕聞いちゃったもん、と言った。

「使用人たちが噂してたよ。この一週間くらい、レイ様がずいぶん機嫌がいいって。前はね、廊下に飾ってある瓶をわざと割って、不愉快だからって怒鳴ったりしてたんだって。とくに夕方から夜は機嫌が悪いことが多かったみたいだよ。それがなくなって本当に助かるって、みんな言ってた。——セレン、毎晩お茶を淹れてるって本当？」

可愛らしく首をかしげられ、セレンはまだ痛む胸を押さえた。

「淹れて差し上げてるけど……」

「やっぱりそうなんだ！　セレンがお茶を差し上げるようになってからレイ様、穏やかになられたんだってね。きっとレイ様はセレンに本気になったんだろうってもっぱらの噂で、だから神子殿の使用人長も、今朝は休むように言ったんだと思うな」

「……変な噂は困るよ。本気だなんて、レイ様にご迷惑だ」

「でも、レイ様の評判が落ちたわけじゃないよ。それに素敵じゃない？　最初は気まぐれだったとしても、恋が芽生えるなんて、聞いているだけでうっとりするもの。神子たちも今朝はその話ばっかりしてた。羨ましいって言う人までいたんだから」

笑ったヨシュアは、セレンが浮かない顔なのを見てとって、申し訳なさそうな目つきになった。

「でも、あれこれ言われるのは楽しくないよね。ごめんね」

「――僕は平気」

「みんな悪気はないんだよ。気が滅入《めい》る話よりいいから、つい話題にしちゃうんだ」

ヨシュアはつま先に視線を落とす。

「おととい、発情期が来た神子のところにロワ王の弟君が来て、たっぷり楽しんで帰った、だなんて、誰も楽しくないもの」

長い睫毛を伏せたヨシュアは諦めたようなため息をつく。

「昨日聞いたときはショックで、セレンのこと探したんだ。そしたら、レイ様に連れられて街に出かけたって聞いて、僕まで羨ましいと思っちゃった。僕は一番にセレンを応援しないといけないのにね」

「そうだったんだ。ごめんね、すぐに話を聞けなくて」

謝りながら、目眩がした。ロワ王も若くない。子供ははじめ娘ばかりで、レイとエクエスは遅くに授かった息子だ。その王の弟も、けっして若くはないはずだった。アルファが神子とつがうのは、次の王になる資格を持つ子供を授かるためだから、王や王弟が今更、神子殿に出入りする必要はない――本来なら。

けれどそれが建前にすぎないことは、セレンにもわかる。若く美しい神子ならば抱きたいと思うアルファもいるだろうし、レイやエクエスよりも自分の子供を王にしたい、レイのあとならば自分の息子にも可能性がある、と考えるアルファもいるだろう。

「レイ様がお茶会に来てくださったから、ほかの王族たちも来るようになったんだね。エクエス様はまだ、僕はお見かけしていないけど」

「エクエス様は一度お見えになったよ。数人の神子とお庭を散歩してた。でも、王弟のワイカ様と、レイ様たちの従兄で一番年上のロンダス様は、以前からお忍びでよく来てるんだって。僕やサヴァンみたいに今年来た神子はね、初物だからってエクエス様たちに遠慮してるから、発情期が来ても相手をさせられることはまだないんだってさ」

ヨシュアらしくもなく、口調はどこか投げやりだった。

「ということは、発情期が来てエクエス様とつながったら、そのあとは父親みたいな年齢の人たちに組み敷かれるってことなんだよね。アルファを身籠るまで」

「――」

「発情期って、一度そのあいだにつながってしまうと、前よりも疼くようになるんだって」

セレンは黙るしかなかった。神殿にいるから、神子には年に三、四回発情期が来るのは知っている。でもそれが具体的にどんなものなのか、見たことはなかった。時期が来ると特別な部屋に移って身体を清め、神に祈って熱を鎮めると聞いたことがあるだけだ。

「僕、昔は神子ってもっといいものだと思ってた」

足を揺らして、ヨシュアは呟いた。

「両親は神殿で使う楽器を作ってて、おまえも神子だといいっていつも言ってた。神子は幸せなんだよ、アルファの方々に愛されるだけでなく、国民の誰もに愛されてるんだって。小さいころはよくわからなかったけど、発情が来て神殿で暮らすようになって、よくわかったよ。セレンみたいに背中をぶたれたり、朝早くから夜遅くまで働く必要もなくて、おいしい食べ物もお菓子もあって、暑い日には扇いでもらえて、寒い夜はあたたかい毛布がある。足りないものなんてなにもなくて、みんなが神子様って呼んでにこにこしてくれるでしょ。子供のころだって不自由していたわけじゃないけど、神子になったら贅沢なくらい大切にしてもらえるんだもの。そういうのが、単純に嬉しかった。王族のためにつとめを果たさなくちゃいけないって教えられても、誇らしいことなんだと思ってた。……ナイードと会うまでは」

「――うん」

頷くしかないセレンの相槌《あいづち》に、ヨシュアは力なく微笑んだ。

「だからね。僕はいずれアルファの方とつがうことになるんだとしても、セレンが恋をして、その相手がレイ様で、レイ様もセレンを愛してくれるんだったら、すごくいいなって思うんだ。本当はここから逃げたいくらいだけど、セレンが恋してるって思ったら、まだ我慢できるから」

「……ヨシュア」

「僕、いっつもセレンを頼りにしてばっかりだよね」

ふふ、と首をかしげて笑うヨシュアがせつなくて、セレンは彼の手を握った。

「ねえ、ナイードに手紙を書いたら？」

「え？」

「手紙を出すのはだめじゃないよね。神の庭宛に書いたお手紙を、年上の神子様からお預かりしたことがあるもの。表からはヨシュアが書いたってわからないようにして、僕が王宮の係の人に渡せば、こっそり手紙を届けられると思う」

「そっか……そうだね。書いてみる！」

やっとヨシュアの顔が明るくなった。

「ナイードは手紙を届ける仕事なのに、こっそり手紙を出すなんて思いつかなかった。ありがとうセレン」

「きっとナイードも嬉しいよ」

笑みを交わして、セレンは立ち上がった。賑やかだった中庭はいつのまにか静かになっている。みんな憩いの間に移動したのだろう。

「ヨシュア、お茶は？　お昼ごはんの前に飲みたくない？」

「うん、飲みたいな」

ヨシュアも立ち上がって、連れ立って部屋の外に出ようとしたときだった。

「セレン！」

廊下の先から声がして、驚いて振り返る。見ればレイが歩み寄ってくるところで、ヨシュアと二人立ち尽くす。レイはヨシュアを気にかけることなく、セレンの手を取った。

「どこかに行くところだったか？　用がなければ、昼食は俺と一緒にとろう」

「——レイ様」

昨日は市場で、今日は昼食なんて、とセレンは困ってしまった。レイにしてみれば、下働きにうつつを抜かしているという評判を立てるためかもしれないけれど——これでは誤解されてしまう。

「もちろん、レイ様のご昼食より大事な用事なんてありません。ね、セレン」

自分のことのように顔を輝かせたヨシュアが、セレンの背中を押した。

「行ってきて」

「ヨシュア、でも」

「では借りていく。おいで、セレン」

レイはセレンの肩を抱き寄せると、驚いて見つめる使用人や、憩いの間から顔を出している神子などいないかのように、歩きながら髪に口づけた。

「庭に食事を用意させている。なにか特別に食べたいものがあれば、今からでも用意させるが、希望は？」

「……僕は、なんでも……」

見られている、と思うと全身が熱かった。神子殿を出て、レイの部屋近くの庭に用意されたテーブルにつくまでのあいだも、遠巻きに使用人たちが見ているのがわかっていたたまれなかった。

給仕の人間は顔色を変えずに、セレンの分も飲み物をそそいでくれたが、彼が下がってやっと、つめていた息を吐き出した。

卓上には宴のときにしか見ないような豪華な食事が並んでいた。小さく丸めた小麦を香りをつけて蒸したものには、骨つきの羊肉が添えられている。甘い果物と鶏肉を包み焼きにした皿も、たっぷり豆の入ったスープもある。乾酪《チーズ》と香草のペーストに白くふかふかのパン。枇杷酒にサトウキビの酒、オレンジや西瓜《すいか》の果実水。赤や緑のサボテンの実に、みずみずしい桃。

「遠慮しないで、好きなものを好きなだけ食べていい」

レイは器用にナイフとフォークを使い、骨つき肉を切り分けて口に運ぶ。セレンは気後れして膝の上で拳を握りしめた。

「どれもいただいたことがないものばかりなので……食べ方もわかりませんし」

「どうせ二人きりだ。肉は手づかみでいいし、どう食べてもかまわないさ」

「でも、どれも高価なものですよね。僕がいただくわけには」

「わかった、遠慮すると言うんだな」

機嫌のいい笑い声をたてたレイは立ち上がると、自ら椅子を動かして、セレンの隣に並んだ。

匙《さじ》で蒸した小麦粒をすくい、ほら、と口元に差し出してくる。セレンは顔を背けた。

「わかりました。いただきます」

食べさせてもらうなんて、そっちのほうができない。意を決してフォークを掴むと、レイはその手をとめた。

「まずはこの一口を食べてからだ。あーんしなさい」

そんな赤ん坊みたいな、と呆れてレイを見たけれど、譲る気配は微塵《みじん》もなかった。しばし見つめあい、仕方なく口をひらく。

木匙はそっとすべり込み、口いっぱいに香草の香りが広がった。噛むと塩味と肉の出汁《だし》が染み出してくる。

「……おいしいです」

「そうだろう。肉も食べてみるといい」

レイはセレンの皿から肉を掴んで、また口を開けさせた。諦めの境地で噛みちぎると、まだ温かい肉は食べたことがないほどやわらかかった。臭みもなくて、目を丸くしてしまったセレンにレイはおかしそうに笑う。

「次はパンにするか。乾酪もうまい」

「……これじゃ、レイ様が全然食べられません」

「あいまに食べるからいい」

いそいそとパンをちぎり、たっぷり乾酪をのせて口元に運ばれて、これはレイが飽きるまではつきあうしかない、とセレンは覚悟した。

雛鳥のように唇をひらいて押し込まれるパンを含むと、低い、震えた声が響いた。

「兄上。これはいったい、なんの真似です」

どきりとして竦んでしまったセレンを見て、レイはため息をつく。

「見てわからないか。食事中だ」

「わざとはぐらかすのもいい加減にしてください。使用人を食事に同席させるだけでも前代未聞なことはわかっているでしょう？　挙句に——そのような、手づかみで食べさせるなど、野蛮で卑猥なことを……」

エクエスの声は怒りにかすれていて、セレンはとても振り返れなかった。レイは面倒そうに振り返らないままで、エクエスは焦れたようにテーブルを回り込んだ。

「セレンが可愛いと嘘でも言うなら、彼のことも考えてやるべきです。腕飾りや服だけでも、彼を見るほかの使用人の目は冷たくなると、兄上にはわからないのですか？　あなたが横暴なうちはまだいい。でもこのように、本気で入れ込んでいると思われれば、あの下働きは思い上がっているだとか、そそのかしているとか言い出す人間も出てきかねない」

肩をいからせてテーブルに手をついたエクエスに、レイは小馬鹿にしたように口元を歪めた。

「セレンの評判が落ちると？　たいていのやつは、彼のおかげで自分たちの被害が減ったと喜ぶだろうよ。俺の普段の振る舞いを見ていてもなお、セレンを憐れまないやつはよほどひねくれてる」

「そうは言っても、実際陰口を叩かれるのはセレンですよ。それでもいいと言うんですか」

「よくないな。セレンを悪く言う人間は全員クビだ」

「——そんな横暴が通ると思わないでください！」

ほとんど叫ぶようにエクエスが言い、レイは尊大に顎を上げた。

「横暴に振る舞われるのがいやなら、おまえが王になって俺をクビにしたらいい。俺はセレンを手放す気はないからな」

「それがすでに横暴だと言ってるんです」

「おまえだって王になりたくないわけじゃないだろう。なんなら朝議の席にセレンを連れていって、皆の前で犯してもいいぞ」

「……っ兄上が王位をないがしろにしているのはよくわかりました。まさかこれほどとは、失望しましたよ」

エクエスは震えて兄を睨みつけ、テーブルを離れた。足早に去っていく背中を見送って、セレンはため息を呑み込んだ。

「レイ様」

「うん？　安心しろ、べつに本当に人前で犯す気はない」

飽きずにスープをすくって飲ませようとするレイを、首を振って拒む。

「エクエス様は、お兄様としてレイ様のことを慕っておいでです。心配してくださっているのに、あんな言い方をして追い払うのは……可哀想です」

「なんだ、おまえもエクエスの味方をするか？」

レイは自分でスープを飲んで、酒をあおった。

「当然だな。おまえは優しい。俺に愛される使用人という立場が楽しいわけもない。その埋め合わせとして市場も見せたし、装飾品も渡したんだが、とても足りないだろう」

「足りないということではありません」

呑み込んだはずのため息がこぼれて、セレンは横にいるレイを見つめた。つまらなそうな表情は、初めて会った日にもしていたのと同じ顔だ。たぶん、本当の気持ちを押し隠した、仮面のようなもの。

「……でも僕は、市場で商人たちと話していたレイ様が好きです。誰にも嫌われていなくて、レイ様も無理していないように見えたから。あのレイ様がきっと本当のレイ様なのに、王宮の中ではろくでなしみたいに悪く言われるのは……寂しいです」

「寂しい、か」

レイはほんのわずか苦笑した。すぐに気を取り直したように、ことさら明るい声を出す。

「ではこうしよう。いずれ、おまえの好きなものをやる。だから今は俺に身をまかせてはくれないか」

「──」

「それとも、ほかの使用人や神子に冷たい目で見られるのはいやか」

微笑んではいるが、青い目は真剣だった。ここで頷くか、これ以上悪評を広める手伝いはしたくないと言えば、きっとこの関係は終わりになるのだろう。そう察しがついて、よじれるような痛みが走る。

セレンが役に立たないとわかってかまうのをやめても、彼は嫌われるための振る舞いをやめたりはしない。ずっとひとりきりでそうしてきたように、自堕落だと言われる行為を繰り返して──いつかはエクエスからの愛情も失ってしまうだろう。

それは、あまりに寂しいことに思えた。

「いいえ。そういうのは平気です。……命令に従うのが使用人ですし」

「その口ぶりだと、命令ならいやでも従うように聞こえるな」

「従いますよ。でも、いやいやそうするというわけじゃないんです。寂しいとか、悲しいとか思うことはあるかもしれませんけれど、それはできればいいことでお役に立ちたいからです。でも、どんなかたちでもお役に立てるのは、僕にとってはなにより嬉しいことです。どなたの命令でも同じだけど……でも、レイ様は、僕にいろんなものをくださいました」

「……たいしたものはやってないと思うが」

「十分すぎるくらいです。分不相応で、本当はいただいてはいけないものもあるけど、でも、嬉しかったんです。上を向けと言っていただいたのも……セレンは悪くないって言ってくださったのもです」

セレンが言うにつれ、だんだんとレイは真顔になっていった。拗《す》ねたようにも見える、けっして機嫌がいいとは言えない表情だ。

「だからご命令いただければ、僕はレイ様の言うことはなんでも聞きます。テアーズ神官長にもエクエス様にも、あれをしろこうしろと命令はされましたけど——どなたかひとり選ばなくてはならないなら、レイ様にします」

「セレンは——」

レイはなにか言いかけ、口を閉ざした。

黙ったままもの言いたげにじっと見つめられ、セレンは目を伏せてしまわないよう、努力して見返した。

心の奥底まで見透かすかのように強く見つめ、レイは囁いた。

「おまえは……俺が命令すれば、どんなことでも従うと言うのか？　使用人だから当然だと？」

「はい。僕にできるかぎりのことはします」

頷けば、よりいっそうレイは眉根を寄せて、不機嫌な表情になった。

「俺は、おまえが俺を好きなのかと思った」

「……そんな！」

かあっと血が顔に集まるのがわかって、セレンはうろたえて首を振った。

「すみません！　失礼なことを言ってしまいました。好きだなんて、とんでもないです」

使用人の分際で、主人を選ぶような発言をするなんて失態だ。急いで椅子からおりて、跪いて頭を下げる。

「昨日、市場に連れていっていただいて舞い上がってしまいました。申し訳ありません」

「――誰も、謝れとは言ってない」

レイは置かれていた酒瓶を手にして、直接口をつけた。喉を鳴らして飲み干し、席を立つ。

「おまえにあるのは、使用人としての忠誠心だけか？」

「はい、もちろんです」

念を押されてすぐに返事をしたが、レイが機嫌を直す気配はなかった。

「腹がふくれるまで食ったら神子殿に戻れ。夜はいつもの時間に来い」

「――かしこまりました」

きっと僭越《せんえつ》なことを言ったからだ、とセレンはこうべを垂れたまま唇を噛んだ。彼は誠実さから優しくしてくれただけなのに、浮かれて恋をしそうになったことがレイにも伝わって……立場もわきまえない図々《ずうずう》しいやつだと思われたのだろう。

レイが立ち去るまでうなだれて、祈るように手を組む。

どう言えばよかったのかわからない。レイに従いたいのも本当だし、逆らう気もなくて、なんとか彼のために役立ちたいと思っているのに――少し近づいたかと思えば、またレイは遠くなってしまう。

どうせなら、もっと強く、乱暴なくらいに命じてくれればいい。一言だって反駁《はんばく》を許さないくらい、黙って従うしかないくらい強く縛りつけて、奴隷のように扱ってくれれば、そっちのほうが気が楽だ。それか――せめてもっと、はっきり彼の思うことを打ち明けてくれたなら。

(レイ様は――なにを抱えていらっしゃるんだろう)

誰にも見せない秘密がある気がしてならないのは、自分の思い過ごしだろうか。


それからも、表面上レイのセレンに対する扱いは、なにも変わらなかった。

毎夜呼びつけ、気まぐれに昼にも呼び出しては、さまざまなことにつきあわせる。日によっては神子殿まで、水菓子や花が届けられることもあった。

誰もがセレンはレイの寵愛を受けているのだと疑わず、逆にどこを歩いていても、新しい宝石を贈られても、むりやりレイの服をまとわされて帰されても、視線を浴びることは少なくなった。それが決して好意的な理由だけでないことはよくわかっていた。ヨシュアはみんな応援しているようなことを言ったけれど、誰もがヨシュアのように優しいわけではないのだ。

なんにせよ、表向きは、セレンは一身に寵愛を受けていることになっている。

だが実際は、二人でいるときに話すことは減っていた。

レイはセレンを呼びつけても、夜は黙々と愛撫をほどこし、つながって果てると黙って後始末をさせ、黙ったまま眠りにつく。昼間に呼び出してお茶の相手をさせられたときも、結局二言三言、体調を聞かれただけだった。

よほど怒っているのだろう、とせつなく思いながら、セレンは手にした櫛をレイの髪に通した。暇だから髪を編めと言われて、庭の日よけ傘の下、椅子に座ったレイの髪をとかしているのだ。

艶のある金の髪を丁寧に整えていると、ふいにレイが口をひらいた。

「なんの用だ」

用？　とセレンは戸惑ったが、すぐ近くの木の陰から人影が現れて、思わず声をあげた。

「ヨシュア!?」

緊張した面持ちで立っているのはヨシュアだった。

「お邪魔して申し訳ありません。レイ様に、お叱りを承知でお願いがあってまいりました」

「――言ってみろ」

だらしなく椅子に身体を投げ出していたレイは、面倒そうながらも座り直した。真面目に聞く気なのかと思ったが、杯を手にして、セレンに酒をつぐように要求する。杯を満たすセレンを心配そうに見やって、ヨシュアは言った。

「お好きなのでしたら、もう少しセレンのことも考えてあげてください」

「……ヨシュア！」

そんなことを頼むために神子殿を抜け出してきたのか。咎めるように呼んだセレンをレイは一瞥し、にやりと笑う。

「わざわざ頼みに来るとは、おまえは俺とつがいたいのか？　物好きだな」

「違います」

緊張はしているものの、ヨシュアはきっぱりしていた。

「僕には好きな人がいるんです。神の庭で出会った、王族でもなんでもない人です」

「ヨシュア……っなに言ってるの！」

どうしてそんなことまで、と青ざめて駆け寄る。ヨシュアは安心させるようにセレンに向かって頷いてみせ、レイを見つめた。

「レイ様は、ここ数日、セレンが使用人や神子のあいだでなんて言われているかご存じですか」

「気にしたことはないな」

「……気まぐれな王子の寵愛が続いているくらいだから、セレンは具合がいいのでは、なんて下世話なこととか、全然そんなことないのに、最近のセレンはいい気になっているとかです。レイ様がセレンにたくさん贈り物をするから、やっかんでいるんだと思います。先週まではみんな、レイ様の機嫌がいいのはセレンのおかげだって感謝していたのに」

「人間など身勝手なものだ」

「僕は、セレンが王宮でまでつらい思いをするのは、可哀想で見ていられません」

ヨシュアは一歩レイに近づいて拳を握りしめた。

「レイ様はご存じないことだけど、セレンはイリュシアでは、いつもひどい扱いばかり受けていたんです。神官長がセレンのことを嫌いだからって、誰もセレンには優しくしなくて。……だから僕、レイ様がセレンも一緒に王宮に来いって言ってくださったのを知ったとき、嬉しかったんです。王宮でなら、セレンが少しは楽になるんじゃないかなって」

(……ヨシュア)

真剣な表情のヨシュアの横顔を、セレンは見つめた。——そんなふうに考えてくれていたなんて、知らなかった。

「レイ様がセレンを呼び出したときも、恋がはじまるならいいと思ったんです。セレンはずっとひとりぼっちだったから、幸せになってもいいはずでしょう。——だから、セレンのことを好きじゃないなら、もう自由にしてあげてください」

「たとえ神子からでも指図される謂れはないな。手放す気はない」

レイはそっけない態度を崩さず、ヨシュアを見ようともしなかった。それでもヨシュアは食い下がる。

「手放す気はないということは、好きっていうことですよね。だったら、セレンが傷つかないですむように、配慮していただきたいんです。もし、レイ様がセレンのことを愛してくださってるなら——僕は、提案があります」

「提案？」

いったいどういうことかとセレンも思ったが、レイは初めて興味をひかれたように、ヨシュアに目を向けた。ヨシュアはしっかりと頷いた。

「僕を隠れ蓑《みの》に使っていただけませんか。僕を呼び出して、表向きにはつがったように見せかけて、実際はセレンと過ごしていただければいいです。レイ様の興味が神子に移ったとわかれば、セレンに変なことを言う人もいなくなると思うんです」

「なるほど。つまりおまえは、俺に気に入られた振りをして、ほかのアルファとつがわずにすむようにしてほしいんだな」

レイは冷たい、嘲るような笑い方をした。

「神子にしてはおもしろいことを考える。恋人がいると言ったな。そいつと結ばれるためには、友人をも利用するのか」

セレンははらはらして二人を見比べたが、ヨシュアは傷ついた表情は見せなかった。緊張に強張ったまま、睨むようにレイだけを見つめる。

「そうです。自分本位で、勝手なお願いなのはよくわかってます。でも僕は神子で、不自由な身です。セレンはいつも僕に優しくしてくれるけど、僕からセレンにしてあげられることはほとんどないんです。だからせめて……僕もセレンを利用してしまうけれど、その分、セレンも守ってあげたいと思いました。彼をここに置き去りにして、自分だけ逃げるよりは、まだそのほうがセレンのためになるんじゃないかなって」

セレンは息を呑んだ。なにを言っているのだ、と目の前が暗くなる。よりによってレイに対して、「逃げる」だなんて——罪をおかすつもりだったと告白しているのと同じだ。

レイもさすがに驚いた顔をして、呆れてため息をついた。

「おまえ、逃げる気だったのか？　王宮から？」

「なにもしないで十年も王宮で過ごすよりは逃げたほうがましです。ここにいたら、ナイードが……恋人がなにを思っているかも、具合を悪くしていないかも、今日どこにいるかもわからないんですよ。ただ心配して、アルファの方とつがって、もしかしたら子供を産んで——ずっとそうやって生きるなんていやだもの」

きっぱり言い切るヨシュアを、レイは珍しい生き物でも見るように眺めた。

「そういえばおまえは、いやだからって仮病を使って歓迎の宴からも逃げたんだったな」

「――あれは、セレンは悪くないから、責めないであげてください」

僕のことなんていいのに、とセレンはやきもきする。もうやめてほしくてそっと袖を引くと、ヨシュアはにこりと笑ってみせた。

「馬鹿なこと打ち明けてると思う？　でも、本当のことを言わなかったら信用してもらえないでしょう。信用されなければ、協力してもらうことだってできないもの」

「なるほど」

青ざめたセレンをよそに、レイは興味深げだった。投げやりな態度だったのが嘘のように、瞳には理性的な光を宿し、深く頷く。

「おまえの言うことも一理ある。信用はしよう」

「じゃあ――」

「だが、協力はできない」

ほっとしかけたヨシュアに向かってレイは言い放った。

「神子に手を出したとなれば、俺が王になるつもりだと勘違いするやつがいるからな。手助けしてやれなくてすまないが、アルファが来たとしても、いやなら拒めばいい。まあ、発情期にはとても力では敵《かな》わないだろうが――俺もエクエスもおまえを抱いていないから、まだしばらくは安全だろう」

どうあっても、レイは神子とつがう気はないのだ。ひそかにセレンはがっかりしたが、ヨシユアはさほど落胆した様子ではなかった。

「なんとなく、そうおっしゃる気はしてました」

「それでも打ち明けたくらいだから、本気でいやなんだろうな。それと同じくらい、セレンを心配しているのもよくわかった。だから俺も忠告しておく」

「忠告、ですか？」

「どんなにつらかろうが、逃げるのはすすめられん。悪事に慣れている人間ならともかく、神子が自分で脱走すれば、すぐに見つかって連れ戻されるだけだ。運がよければ逃げられるなどとは思わないほうがいい。もし見つからないよう逃げる手助けをする者がいたら、そいつは悪党だと思って間違いない。いずれにせよ、遠くで待っている恋人が泣くはめになる。早まらないことだな」

冷静に諭す口調に、ヨシュアは唇を噛んだ。悔しげな顔をして、それでも頷く。

「――はい」

「セレンのことは大事にすると約束しよう」

レイは立ち上がると並んで立ったセレンたちに歩み寄り、セレンの腕を取った。

「神子の前で誓っておこう、ヨシュア。セレンを不幸せにはしないと」

言いながら彼の顔が近づいてきて、気づいたときには唇がもう重なっていた。

「……っ」

驚いて逃れようとしても、いつのまにかレイの手が後頭部と腰に回っていて動けない。薄い皮膚を通してレイの体温が伝わり、熱い、と意識した途端、目を開けていられなくなった。身体が震える。だって口づけは、本当に大切な相手としかしないものだ。

(レイ様——どうして)

悲しいくらい、レイの唇は優しい。

かくんと膝が落ちそうになり、半ばもたれかかったセレンを、レイはしっかりと抱きとめた。

かるくついばみ直して、ヨシュアのほうを見る。

「これでわかっただろう。俺は生涯、セレン以外には口づけない」

「……だめです」

このときばかりは控えめに振る舞えなくて、セレンは口走っていた。

「だめです、レイ様。僕は——命令には従うって申し上げました。レイ様も、怒ってらっしゃったじゃないですか」

「怒っていたわけじゃない。不機嫌になっただけだ」

「同じことです。どうして口づけなんかするんですか」

俺を好きなのか、と不機嫌な顔で問いただしたくせに、口づけるなんてひどい。どうせこれだって、王にならないための嘘だろうけれど。

「……生涯僕にしかしないだなんて、嘘でも言っちゃだめです」

レイの胸を押しやって無理に腕の中を抜け出すと、力が入らなくて膝ががくがくした。唇はまだ火照《ほて》っている。そこに触れて、震えをとめようと右手で腰のあたりを掴んだ。レイはため息をつく。

「そんなにいやか」

「いやなわけありません。ただ……大切な行為なのに、レイ様が人前でする、から」

言っている途中で足がふらついて、セレンは結局レイに抱きとめられた。ぼうっと燃えたように耳や頭の中まで熱い。まるで気持ちよくなったときみたいだ、と思うといたたまれなくて、すみません、とかろうじて呟いた。

「力が……入らなくて。レイ様にはきっと、冗談でも、誰とでもできることなんだって、わかってるんですけど……」

「セレン、おまえ」

言いかけたレイが急に黙り込んだ。まばたいて見上げると、困った表情で微妙に視線が逸れる。心なしか、その目元が赤かった。

照れたような、見たことのない表情に、セレンはぽかんとした。

「……レイ様？」

「なんて顔をしてるんだ、おまえは」

呻くように言ったレイの手に力がこもって、セレンは彼の胸に顔を押しつける格好になった。

大きな手がしっかり後頭部を掴んでいて、身じろぐこともできない。

「ヨシュア。もしかするとセレンは、にぶいんだろうか」

守るようにしっかり抱き込んで、レイはなぜだか神妙な様子でヨシュアに問いかける。ヨシュアは少し泣きそうな、震える声で笑った。

「そうかもしれません。きっと慣れていないから、自分の気持ちもうまくわからないんです」

「わ、わかってます」

セレンは抱かれたまま、精いっぱい声をあげた。

「わからないのはレイ様のほうです。僕には全然、レイ様がなにを考えてるかわかりません」

「そうか。……そうだな」

レイはゆっくりセレンの頭に頬をすり寄せた。ため息が肩先で聞こえて、セレンは戸惑って立ち尽くすしかなかった。ひとりで納得していないで、ちゃんと説明してほしい。否、説明はなくてもいいけれど、恋人か、大切な相手に対するような態度をわざと取るのはやめてほしい。なのに、レイは自分のほうが被害者みたいに、呆れたように言うのだ。

「まったく、おまえは言葉ひとつ、顔色ひとつで俺を振り回す」

「す、……すみません……」

納得できないまま一応謝ると、レイはもう一度深いため息をついた。

「だが、セレンがもし俺を憎んでいたとしても、ただの使用人のつもりでも、俺の心に変わりはないな。――忘れるところだった」

独り言のようにレイは呟いて、セレンを解放したときにはもう、落ち着いた表情に戻っていた。

「ヨシュアも、悪いようにはしないから、もうしばらく耐えていてくれ」

「――ありがとうございます」

晴れやかに見えるレイの笑みに、ヨシュアは驚いたようだったが、セレンも目が離せなかった。

市場で見たような、曇りなく穏やかな笑顔だった。誰の目も惹《ひ》きつけずにはおれないような、眩しい笑み。――否、笑みだけではない。

(レイ様は……ずるい)

レイはいつも、彼自身がまばゆい星のように、光を放って見える。理不尽で、セレンの困ることばかりするのに、その美しさで不満もうやむやにしてしまう。

気をつけて戻れ、とヨシュアを送り出す声まで普段より明るく聞こえた。数日ぶりにすっかり機嫌がよくなったようだ。なにが彼の心を動かしたのだろう、と思っていると、見下ろしたレイが目尻を下げた。

「まだ力が入らないか?」

問われて、自分がいまだに彼にもたれかかっているのに気づき、セレンははっとして身を離した。

「ご、ごめんなさい！」

「口づけがよほど気に入ったみたいだ。あとでもう一度してやる」

「っ、ですから！　ああいうことは、冗談や気まぐれですることじゃないと思います」

「神子に向かって誓うと言ったのに、冗談や気まぐれだと思っているのか？」

面白そうに聞き返され、目眩がしそうだった。まさか、王にならないために、本気で生涯誰も愛さないつもりなのだろうか。やりすぎだ、とセレンはせつなくなる。

「……冗談でも気まぐれでもないなら、余計にだめです。僕は罪の子だって申し上げたのに」

「俺は気にしないし、気にするやつは放っておけばいい」

「王様にならずにすむから、悪い評判が立ったほうが都合がいいんですよね。わかってます。だから、口づけなんか……ひ、必要ないのに」

まだじんわりと感触が残る唇を、セレンは手のひらで覆った。さっきのあれが、セレンにとっては最初で最後の口づけだ。ひそかに夢見たことがあるからこそ、口づけなんかしないでほしかった。

期待してしまう。何度もときめいてはそのたびに落胆し、絶対にありえないとわかっているのに、懲りもせずに心が揺らぐ。わずかでも愛情がレイの中にあるのでは……と。

「も、もうしないでください」

「では聞くが、俺がおまえを呼ばなくなって、違う神子を毎夜抱いて眠ったら、おまえはどう思う？　おまえのかわりに市場に連れていって、さっきみたいに口づけたら？」

「――それは」

あるべき姿だ、と思った。エクエスも喜ぶ。相手がサヴァンでなければテアーズは眉をひそめるかもしれないけれど、誰であれ神子が次の王と結ばれるのは、神官長として望ましいはずだ。セレンだって。

自分だって嬉しい、と考えて、胸がきりきりと痛いのに気づき、セレンは動揺した。なぜ痛いのだろう。悲しい。理不尽に怒鳴られたときのようにやるせなくて、寂しい。

「いやだろう」

わかっている、と言いたげに、レイはセレンの髪を撫でた。

「いやで当然だ。おまえは俺が好きなんだから」

「……す、き？」

目を見ひらいて、セレンはレイを見つめた。レイは髪を梳いて優しく目を細める。

「俺の命令に一番に従いたいと思うのは、結局好きだってことだ。セレンは自覚していないみたいだし、俺も忠誠心だけで言っているのだと誤解していらだったが……今日の顔を見ればわかる」

「っ、わ、わからないと思います！　僕、恋はしないって決めてますから」

「しないと決めていても落ちるのが恋じゃないのか？　今度ヨシュアに聞いてみるといい。彼だって、恋人を好きになろうと最初から決めて恋したわけではあるまい」

「……レイ様、ヨシュアのことだってよくご存じじゃないでしょう。それに、レイ様は恋したことあるんですか？」

決められては困る。だって、恋はいけないものなのだ。むきになったセレンを笑みまじりに見やって、レイは手を引いた。

「あるな、たぶん」

「たぶんってなんですか、たぶんって。僕は本当に、レイ様に恋なんかしてません」

「なるほど、おまえは怒ると口数が多くなるな」

「お……怒っていません。そんな失礼なこと、しません」

「面と向かって第一王子に恋なんかしてないというのは失礼じゃないのか？」

「そ……それ、は」

庭から回廊へと上がるレイに引っ張られながら、セレンは口ごもった。たしかに今の口のきき方は、使用人にはあるまじき振る舞いだ。でも、勘違いされるのはもっとだめだ。

誤解しないでください、と言いたかったが、向こうから使用人が歩いてくるのが見えて、セレンは口をつぐんだ。荷物を手にした使用人はセレンたちに気づいて脇によけ、俯くように頭を下げた。その前を通りすぎ、レイは建物を出て進んでいく。

セレンは急に不安になった。

「――レイ様。どちらへ？」

「少しつきあってくれ」

どこへ、とは教えてくれないまま、レイはセレンが足を踏み入れたことのないほうへと歩く。高価な桃色の大理石を使った、ひときわ美しい建物に着くと、レイは戸口に立っていた使用人に告げた。

「ミリア妃に取り次ぎを」

セレンは思わずレイを仰ぎ見た。第一王子である彼が、弟の母であるミリアに、セレンを連れて会うなんてありえない。

「あの、僕――」

「セレンは黙っていていい」

ここで待っていてください、と言う前にそう言われてしまい、ほどなくさきほどの使用人が戻ってきて、お会いになるそうです、と告げた。

彼について奥へと進むと、中庭に面した美しい部屋で、王妃は待っていた。刺繍をほどこした紅色の絹の服はふんわりと裾が広がり、胸や腕には以前見たのとは違う宝石がきらめいていた。年を重ねて神子特有の神秘的な透明感を失ったかわり、見る者を威圧するような美貌を持つ彼女は、大きな瞳でぎろりとレイを睨みつけた。

「おまえの顔を見ると虫唾《むしず》が走るわ」

甘いはずの声も刺々しい。セレンはびくりと竦んだが、レイは慣れているのか、顔色を変えずに膝をついた。慌ててその後ろで膝をつき、セレンは衝撃で動悸が激しくなるのを覚えた。信じられない。レイ・バシレウスが王妃相手に跪くなんて——王族同士は普通、そんな行いはしない。唯一の例外は、王に対して、特別なときだけだ。

「ご報告があってまいりました」

静かに告げるレイにも、ミリアは怒りを抑えられないようだった。

「そうやって従順そうに見せかけるところも気に入らないの。その忌々しい金の髪を見るのもおぞましいのよ。いやなことばかり思い出すじゃない」

「今日聞いていただければ、二人きりでお会いすることはもうないでしょう」

「そうしてちょうだい。おまえなんてあの熱病で死んでしまえばよかったのよ。生き延びてだらだらと遊びほうけるだなんて、なんて意地汚いのかしら。おまえにはアルファとしての矜持《きょうじ》も、潔さもないのね。エクエスは兄だからとおまえを慕っているというのに、本当に不潔」

ぱちりと扇子を鳴らす音が響いたかと思うと、レイのすぐ目の前に、硝子の杯が投げつけられた。派手な音をたてて硝子が砕け散り、セレンは声も出なかった。

自分が産んだのではないとはいえ、レイは王子なのに、ミリアの態度はまるで、役立たずの使用人でも叱りつけるかのようだ。

「妾の許可なく神子殿に入りましたね。あれほど、二度と足を踏み入れるなと言ったのに！」

「神子とつがいに入ったわけではありません」

「当たり前よ！」

吠《ほ》えるように、ミリアが怒鳴った。

「つがうなど！　誰が許しても妾は許しませんよ。おまえには王になる資格も、次の王の親になる資格もないのです。神子殿にだって、たとえどんな理由があっても入られるのは我慢がなりません」

「行かねば、エクエスが折れないと思っただけです」

「お黙り！　エクエスの名前を出せばなんでも許されるとでも思っているの!?　おまえのようなけだものが、いるというだけで厭《いと》わしいわ！」

「――そのけだものが、唯一あなたにできる孝行をお知らせに来たのです」

レイはやっと顔を上げた。

「この者はセレンといいます。王宮の下働きです。私はセレンを愛している」

セレンは伏せたままびくりと震えた。嘘だ。けれど、とても口を挟めるような雰囲気ではなかった。

「あなたも最近の噂はご存じでしょう。私が下働きに入れ込んで、毎夜手放さずに可愛がっていると」

「……それが、その子なの？」

ミリア妃は座り直したようだった。

「神子殿でお茶会のおりに、淫らな行為をさせたのも、その下働きなのね」

「そうです。私は神に誓って、生涯この者以外は愛しません」

ずきりと胸が痛んだ。これは芝居なのだ、とようやく悟る。さっきヨシュアの前で口づけたのと同じで、セレンを愛していると嘘をつくことで、王になる気はないと伝えているのだ。

「ひ弱そうな、見栄えの悪い下働きだと聞いたわ」

打って変わって機嫌のいい声を出して、ミリアは笑った。

「けだものには似合いの相手ね。いいでしょう、許します。その者とつがいなさいな」

「ありがとうございます」

「ロワ王には妾から進言してあげましょう。エクエスにも伝えて、もちろんほかの王族にも、長老たちにもはっきりさせておきましょうねえ。妾としてはそなたが生きているだけでも心が休まらないけれど、王宮を出て遠くへ行くと言うなら、特別に、おまえの過ちを水に流してあげないこともないわ」

「そのつもりです」

「ああ、いつになく素直じゃないの！　あれこれ理由をつけて居座って目障りだと思っていたけれど、やっと目が覚めたのね。けだものには下等な相手が似合いなのですよ。下働き！　じつにおまえにぴったりだこと」

高く笑い声を響かせ、ミリアは手近な花瓶を手にすると、再びレイに投げつけた。花瓶は砕け散っただけでなく水も撒き散らし、レイの顔や服を濡らした。ミリアはぴたりと笑いをおさめ、燃えるような瞳で睨みつけた。

「用がすんだらとっととお下がり！　もう下働きと同じなのですからね！」

レイは黙ったまま頭を下げて、立ち上がると背を向けた。セレンは急いで追いかけながら、そっとミリアを盗み見たが、彼女はすでにこちらを見ていなかった。今日も長手袋をはめた右手で扇子をひらき、隅に控えた侍女を呼びつけている。

「絨毯を取り替えてちょうだい。あいつが歩いたところは全部よ。香も新しいものを焚いて。けだもののにおいがして不愉快ですからね」

わざと聞こえるように言っているとしか思えない口ぶりだった。セレンはレイを見上げる。

レイは視線に気づくと、安心させるように微笑んだ。

「もう少しつきあってくれ。話しておきたいことがある」

「――はい」

聞くだけでも苦しい罵声を浴びたのに、セレンに向かって手を差し出したレイはむしろすっきりとした表情だった。

どちらかというと子供っぽくさえ見える微笑に、二十二歳なんだっけ、と思い出す。尊大な態度で忘れがちだけれど、セレンとレイは四つしか違わない。見上げていると、めまぐるしい事態についていけなかった気持ちがすうっと凪《な》いで、セレンは自然と、レイの手に自分の手をゆだねていた。

夕暮れ間近の時間でも、街は活気づいていた。

「日が落ちると涼しくなるだろう。だからこの時間から夜にかけてはまた賑やかになるんだ。真昼の時間が一番人が少ない」

そう教えてくれながら、レイが向かったのは街の外れだった。王都の南の方角は、大きな村と、その先に神の庭をいだく砂漠が広がる。東や西には砂漠沿いに続く街道や村々がある。街外れには、南、東、西を見張る物見の塔が、それぞれそびえていた。

そのうちのひとつ、西側の塔のてっぺんまで上ると、傾いた太陽が濃いオレンジ色にうるみはじめていた。北の山から涼しい風が吹き下ろして、荒地や道の砂をこまかに巻き上げる。セレンには馴染んだ砂まじりの風だ。けれど眼下に広がるのは、見たこともない景色だった。

「──あれは、なんですか？」

遠くまで、整然と低い木が並んでいる。山側のほうが高く育ち、南の砂漠方面に行くにつれて、低く、小さくなっていく木の連なりのあいまには、細い水路が引かれているのが見えた。木々の世話をしているのか、塔からさほど遠くないところに、数人の人影が見える。

「葡萄畑だ」

「葡萄……こんなにたくさん、まとめて植えてあるのは初めて見ました」

西日を浴びて数えきれないほど並んだ木々は、砂漠を見慣れたセレンには不思議なものに映る。木なら神の庭にも植えられていたし、王宮の庭にだってたくさんある。けれど目の前のように、どこまでも続く景色は見たことがない。

「広いだろう？　俺も子供のころには、祖父と一緒に苗木を植えるのを手伝ったんだ。いずれは緑豊かな畑になるんだと言われて、植えたときにはわくわくした」

長い髪をなびかせて、レイは広がる葡萄畑を眺め渡した。ちょうど葡萄畑の向こうへと、太陽は沈んでいこうとしている。

「祖父が発案したんだが、灌漑《かんがい》事業は時間も人手も金もかかる。山からの水だって、雨の量が少なければ引いてこようもない。だからこそ王の仕事なんだと祖父は言ったが、まもなく祖父が死んで父が王になると、面倒だからと放り出してしまった。村の農夫たちがどうにかほそぼそと守ってきてくれたんだ」

家へ帰るところなのか、畑を離れた数人が、塔の上のレイに気づいて手を振った。レイも笑って手を振り返す。

「レイ様は、よくこの畑を見に来てるんですね」

「——どうしても気になってな。今は事業としては、エクエスが引き継いでくれたおかげで、順調に新しい苗も植えられているし、今年は雨にも恵まれたから、秋にはたっぷり葡萄がとれるはずだ。学者を呼んで、乾いた年にもかかわりなく収穫できる葡萄を作るのが目標なんだ」

連れ立って南東の村のほうへと帰っていく人々を見送って、レイは振り返った。

「さっきのミリアの態度、驚いただろう」

「……少し」

遠慮がちに頷くと、レイは苦笑した。

「正直に言っていいぞ。俺でも事情を知らなければ、なんてひどい人間だと思うからな。だが、あそこまで罵倒するのは、俺が彼女を傷つけたからなんだ」

再び葡萄畑へと目を向けたレイは懐かしむように目を細める。

「子供のころは動物が好きだった。ダニエルになついて、いろんな動物を自分で世話していたくらいだ。鷹も、馬も、ヤギも鸚鵡も持っていたし、犬も大砂漠猫も、名前をつけて可愛がっていた」

「大砂漠猫もですか？」

体長が一メートル以上ある巨大な猫は砂漠の岩場に住み、旅人を襲うこともある獰猛《どうもう》な獣だ。見たことはもちろんないが、噂だけは神の庭でも聞いたことがある。

「子猫のうちから人に飼われれば、おとなしくて頭のいい動物なんだ。もちろん、捕らえるのが難しくて、飼育されている数は少ない。俺にとっても自慢の猫だった。金茶に灰色のまだらが入った毛並みがやわらかくて、とても美しかった。一緒に寝たこともある」

セレンにも見せてやりたかったな、と笑って、レイは目を伏せた。

「俺以外の人間が触れても、怒ったりしない優しい猫だった。それが――なぜかミリアが手を出したときには噛みついた。俺が十三歳のときだ。小指を噛みちぎって、腕には爪をたてて……醜い傷が残ったから、彼女はけっして右手の手袋は外さなくなった」

セレンはミリアの真っ白な手袋を思い出した。なぜ右手だけなのだろうと思っていたが、傷を隠すためだったのだ。

「すごい騒ぎだったよ。彼女は半身血まみれで、俺が駆けつけたときには、大砂漠猫はもう殺されたあとだった。ミリアは俺を睨んで言った。エクエスを妬んで、大砂漠猫を噛むようにしつけたんだろう、と」

「そんな……！」

誰が聞いても言いがかりだとわかりそうなものだ。一緒に寝るほど可愛がっていたなら、残酷な命令に従うようにしつけるわけがない。

「どなたも、レイ様をかばってはくれなかったんですか？」

「ダニエルは証言してくれたよ。攻撃するようなしつけ方をすれば、世話係も俺自身も危険だから、そんなことはしないと。だが王宮では、獣の世話係と王妃とでは言葉の重みが違う。俺が少し前に剣術でエクエスに負けた腹いせだとミリアは言って、父はそれで納得した。自分で考えてミリアに詫びろと言われて、飼っていた動物はみんな手放したんだ」

「……本当は、レイ様が大砂漠猫に襲わせたわけじゃないんですよね？」

「違う。だが実際に、ミリアの手に怪我を負わせたことにかわりはない。大砂漠猫を死なせてしまったのも、主人である俺の責任だ。そう思っていたから、反論はしなかった」

反論すればよかったのに——とは、とても言えなかった。口をつぐんでしまう気持ちはセレンにもわかる。まして十三歳なら、大人相手に主張できないのも仕方ない。

「ミリアのことはずっと好きだったんだ」

レイの声は恨みを感じさせない、静かなものだった。

「俺の母だった神子は、俺を産んですぐに亡くなってしまったから、一日違いの弟の母親は、俺にとっても実の母のように大事な存在だった。彼女に会える日は嬉しかったし、俺よりも頻繁に会えるエクエスのことが羨ましかった。エクエスには拗ねてみせたこともある。おまえは母がそばにいるじゃないかって」

「……エクエス様、レイ様はミリア王妃をお慕いしているって言ってました」

「できれば自慢の息子でいたかった。エクエスのように可愛がってもらいたい一心で、勉強も武術もエクエスには負けまいと思っていた。今思えばその努力が逆効果で、日に日に嫌われていく原因だったんだがな」

「ミリア様は、エクエス様を王にしたいから、ですか？」

自分の子供を王にしたい、というのは自然なことなのかもしれない。神官だって、血がつながっていなくても可愛がった神子に次の王を産んでほしい、と思うのだから。

だが、だからといって、あれほどの扱いをするのは、むごい仕打ちだ。

レイは淡々と頷く。

「無理もないさ。エクエスだってあのとおり、見た目は申し分のないリザニアール人だし、真面目で誠実で、なにをやらせても実直にこなす。神子や使用人から見れば偉そうに振る舞っていると思うかもしれないが、それも王子としての誇り故だ。王としての素質が十分なのだから、たった一日違いの俺に位を譲るのは、ミリアにとっては苦痛だっただろう」

「でも……生まれる日は、エクエス様やレイ様が選べることじゃないのに」

「俺が生まれる予定の日は、もっと遅かったらしい。だが母が急に体調を崩して、産気づいて俺を産み、そのまま起き上がることなく亡くなったんだ。ミリアにしてみれば、横から突然、息子がつくはずだった王位を奪われたような気がしたんだろう。だから俺のことは、殺したいほど憎いんだ」

レイは遠くを見つめたまま右目に触れた。

「大砂漠猫が彼女を襲う一か月ほど前に、俺はひどい熱で寝込んだんだ。十三歳になってすぐで……あの人は一度だけ見舞いに来てくれた。嬉しかったよ。でも彼女は、朦朧《もうろう》とした俺の前で言ったんだ。俺の意識がないと思って本音が出たんだろうな。もう少し多めに毒を盛ればよかった、と」

「……そんな」

ぞっとして、セレンはミリアの怒りの表情を思い出した。毒で子供を殺そうとするなんて、王妃でも許されることではない。セレンには想像もつかない激しい憎しみが彼女の中にはあって、レイはそれを受けとめてきたのだ。

「あれほどはっきり言われてしまえば、ミリアは俺が憎いのだと認めないわけにはいかなかった。いっそ死ねたらよかったが、高熱で失ったのは右目の機能だけだった。ぼんやりとは見えるから太陽が眩しい日はつらいんだが、その程度のことだ。わずかだけでもミリアが溜飲《りゅういん》を下げたのは、直後の御前試合で俺がエクエスに負けたことくらいだろうな。ただ、エクエスが勝っても父は、いずれ王になるのはレイだと譲らなかったから、結局ミリアは余計に憎悪をつのらせた。大砂漠猫に手を出したのは、はじめから殺す気だったんだろう。俺の大事なものを全部奪うために」

なんでもないことのようにレイが淡々としているのが、却ってつらかった。わずかな微笑みまで浮かべて、レイは言う。

「俺はあの人を嫌いになれない」

きゅっと胸が疼いた。赤さを増した陽光を受けて、翳《かげ》りを帯びたレイの横顔は、微笑しているのに寂しげにも見えた。

「物心ついたときから、一度でいいから褒められたいと思ってきた。こうする、と決めたことはなんでもそのとおりにできたのに、彼女を喜ばせることだけはできなくて……それほど憎まれる俺には、王になる資格はないんだと悟ったんだ」

「――そう、でしょうか」

「真面目に頑張っていた子供のころだって、臣下でも長老たちの中にも、エクエス様のほうが、という人間は常にいた。つまりそれだけ人望がない、ということだろう？　だったら、固執するのもみっともない。これでエクエスがとんでもない愚か者なら話は別だが、幸いあいつはなにをさせてもちゃんとやる、俺よりできた人間だからな。俺が王になれば憎しみの炎を燃やす者が出るが、エクエスなら誰も苦しまなくてすむ。禍根のないよう、皆が納得するかたちで譲れば、エクエスが王になったほうがいいんだ」

石の手すりに手をのせて、レイは夕焼けに赤く輝く葡萄畑を見つめた。

「王宮に未練はない。強いて言うなら、この畑を見られなくなるのは寂しいが――ここを守るのだって王の仕事で、俺でなければできないことじゃないからな」

「……でも、さっきの方たちは、レイ様に向かって手を振っていましたよね。エクエス様じゃなくて」

「王になればあいつだってここから畑を眺める日もあるはずだ。降りていって畑の中を歩く日もある。そうしたらみんな、エクエスに手を振るようになる」

笑ったレイの顔を、影が横切った。この時間に鳥だろうか、と空を見上げて、セレンは舞い降りてくる鷹に気づいた。

ぴい、と可愛らしい声で鳴いた鷹は身を翻し、大きく翼を広げて、レイのすぐ脇の手すりにとまった。小首をかしげて頭を差し出す仕草は、よく馴らされた生き物のそれだ。

「こんな時間にどうした、アンゲロス」

レイは指をのばして鷹の顎をくすぐった。ぴぴ、と小鳥のような声をたてて、鷹は気持ちよさそうな顔をする。鋭く大きな嘴が獰猛そうだが、表情はまるで甘える雛のようだ。

「レイ様の鷹ですか？」

「こいつも、動物をすべて手放したときに野に返したんだが、俺を見つけると寄ってくるんだ。飼ってたころはダニエルのほうになついていて、俺を馬鹿にしたりもしたくせに」

そう言いつつ、レイも嬉しそうだった。

「腕に革を巻いてないのがわかるのか、いつもこうやって近くにとまる。——もう日が暮れるぞアンゲロス。巣に帰ったほうがいい」

語りかけるレイの言葉がわかるのか、鷹は反論するように短く鳴いて、かるく翼を持ち上げる。ぐっと胸をつきだす仕草はちょっと偉そうで、レイは笑ってそこを掻《か》いてやった。ぴぴぴ、と鷹は幸せそうに鳴く。

ひとしきり掻いてやったあと、レイはなだめるように鷹の頭を撫でた。

「ほら、これでいいだろう。お帰り」

しばし動きをとめた鷹は、レイの手に頭をこすりつけてから飛び上がった。名残惜しげに数度旋回し、山のほうへと去っていく。

鳥影を追うように、日没間近の長い、赤い舌めいた陽光が這うようにのびて地面を撫でる。一瞬強くきらめいたかと思うとふっと空が暗くなり、気づけば真上の空には星がきらめいていた。真夏の藍色に、金の星々。

戻ろう、とレイに促されて畑へと背を向けながら、セレンは胸に溢れる苦しさでいっぱいだった。

九年も前に手放した鷹がいまだにレイを覚えているのだ。鷹にとっては、レイはかけがえのない主人か、あるいは友達のようなものなのだろう。慕っていなければ、あんなふうに甘えることもない。

(ダニエルさんだって、動物は決めた主人には忠実だって言っていたもの)

つまりレイには、それだけの器がある、ということではないのか。

塔の階段から外に出れば、街のあちこちで火が焚かれ、金色にあたりを照らしていた。人々の集う食堂には、さまざまな色の硝子を組み合わせたランプが置かれて、あかりからして賑やかだ。

どこへ行くともなく歩くレイについていきながら、苦しさに押されるようにして、セレンは口をひらいていた。

「レイ様は、王様にならなかったら、どこに行くんですか？」

「実は、具体的に考えたことがないんだ」

レイはいたずらっぽく笑ってセレンを見下ろした。

「どこか遠くを目指して旅でもするかと思っていたんだが、まずはヨシュアを連れて、恋人のところに送り届けるのもいいな」

「……ヨシュアを？」

「もちろんおまえは俺と一緒に行くから、ヨシュアをひとり残していったら可哀想だろう。いくら神子とはいえ、ああして俺に直接訴えに来るのは咎められても仕方のない行為だ。勇気が必要だっただろうに——結局、あの子はセレンのためだけに言いに来たんだろうから」

「はい。……ヨシュアはいつもそうなんです。僕の恋を応援するのは自分のためだ、なんて謝ってくれるけど、優しいから自分のことみたいに考えてくれてるんですよね。イリュシアの神殿で、僕に親しく口をきいてくれる神子は彼だけでした」

「やっぱり、セレンは俺が好きということだな」

「え？」

にっと笑われて首をかしげ、それからセレンは気づいて赤くなった。

「ぼ、僕の恋を応援っていうのは、ヨシュアの勘違いですからね。レイ様のことは、好きじゃないです」

「そうか。でも、俺の命令には従うんだよな」

笑って、レイは足をとめるとセレンのほうに向き直った。

「――王にならなくとも、王子でさえなくなっても、俺の命令をきけるか？」

声は改まったように凛とした響きだった。真剣な表情をしたレイは、静かな光をたたえた瞳で見据えてきて、セレンは少し考えて頷いた。

「従います」

従わない理由はなにひとつ思いつかない。レイの話を聞いたあとでは、今までよりもいっそう――役に立ちたい、と思う。

レイは満足そうな表情で、セレンの頭に手を乗せた。

「ならば心強いな。どこに行っても、ヨシュアを恋人のところに送り届けたあとも、セレンだけは一緒にいてくれる」

「――レイ、様」

唐突に、泣きたいほどの痛みが身体を突き抜けた。

それは悲哀の痛みだった。

どうして気づかなかったのだろう。初めて会ったときから、レイはいつもひとりだった。供の者はいても露骨にうんざりした顔で、神官長も決して好意的な態度は取らなかった。王宮でも誰ひとり、レイと親しく、仲よく振る舞う人間はいない。

街の人は気さくに接していたけれど、名前を呼ぶ人はいなかった。おそらくレイが王子だと気づいてはいても、お忍びだからと遠慮して呼ばないのだろうが、その街の人たちさえ、王都を離れてしまえば会うこともない。

きっと、レイは可愛がっていた動物たちを手放したときに、持っているものは全部手放したのだ。王になる権利と一緒に。

セレンには捨てるほどのものもないけれど、孤独がつらいのは知っている。

「……きっと、アンゲロスも来てくれます」

震える声で呟くと、レイは困った顔をして髪を撫でてくれた。

「たしかに、アンゲロスも連れていけそうだ。でも、どうして泣く？」

「悲しいからです」

流れていく涙をそのままに、セレンはレイを見上げた。

「レイ様が、僕とヨシュアと、アンゲロスを連れて旅に出てくれたら、僕たちは幸せだけど、レイ様は王様になる幸福を捨てることになるから」

「王にならなければ不幸だと決まっているわけじゃない」

レイはセレンを胸に抱き寄せた。どこからか楽しげな笑い声が響いてくる。涼しい夜風には焼けた肉のにおいが混じって、踊りだしたくなるような音楽とともに砂漠へと吹き抜けていく。

「旅をして、砂漠の向こう側の国に行けるのも幸せだろう。それに約束したはずだ。ことがすんだら、セレンには好きなものを見せてやるって。俺の手伝いをしてくれた褒美に、セレンの夢も叶えてやりたい」

「僕の、夢ですか？」

とまらない涙に目を閉じて、セレンはレイの胸に額を預けた。たしかな鼓動とぬくもりが伝わって、じんと全身が痺れる。悲しいのと安堵《あんど》をまぜたような、不思議な心地だった。レイはゆっくりセレンの背中を撫でてくれた。

「神の庭に帰って天井を確認する以外にも、なにかあるだろう」

「……レイ様、よく覚えてますね」

そんな話をしたのは、ずいぶん昔な気がする。たしかに神殿の天井は見てみたいけれど、もし二度とあそこに帰れなくても諦めはつく。残念なことがあるとすればジョウアに会えないことくらいだろうか。元気だといい、と思いながら、いっそうレイに寄り添う。

(僕は、冷たくて残酷な人間なのかもしれない)

無骨で優しい老人に会えなくなっても、レイとともに行きたいと思う。

それは経験したことのない、嵐のように強い感情だった。

この人を、ひとりぼっちにしたくない。

「僕は——レイ様が笑ってくだされば、ほかに夢はないです」

「俺が、笑う？」

「レイ様が笑っていると、眩しいなって思うんです。胸の中まで明るくなるみたいで……だから、レイ様が幸せになるお役に立てれば、それだけでいいです」

「それは夢とは言えないな」

レイは笑って、セレンの頭を抱えるように抱きしめた。やわらかく唇が押し当てられる。

「どうせ人生は長い。一緒に旅をしているあいだに探すというのはどうだ？」

「——そうですね。探してみます」

言ったものの、夢なんて見つかるとも思えなかった。だって本当に、役に立てればいい。役に立って、そばに置いてもらって——見ていたい。太陽より眩しい金の髪、空より美しい青の瞳。その輝きに似合う幸せなレイを見られたら、きっと自分も幸せになれるだろう。


エクエスが発情を迎えたサヴァンを自分の部屋に連れていったと噂が流れたのは、その数日後だった。

セレンはその場に居合わせなかったけれど、ヨシュアによれば抱き上げられて連れていかれたらしく、それから四日、サヴァンは戻ってこなかった。

「神子の発情期は個人差があって、七日続く者もいれば、三日で終わる者もいるんだ。発情の周期も、少なければ年に二度、多ければ四度来ることもある。——その字、間違ってるぞ」

右に曲げるんだ、と言って、レイはセレンの持った羽根ペンに手を添えた。名前の書き方を教えてくれているのだ。

まったく字が読めないわけではないけれど、きちんと勉強したことがない、と言ったら、レイはいい暇つぶしになるからと、毎日字を教えてくれるようになった。

葡萄畑を見たあの日からも、変わらずにセレンを呼び出しては、ほぼ日がな一日、そばに置いている。ヨシュアも寂しいだろうからと、一日のうちに何度かは神子殿に帰らせてもらえるのだが、それ以外はずっとレイと一緒だった。おかげでたった一週間ほどで、字はだいぶ覚えた。

「次は俺の名前を書いてみろ。レイ・バシレウス」

「それならもう書けます」

ペンをインクに浸して、羊皮紙の上に慎重にすべらせる。間違えずに長い名前を書き終えると、レイは頭を撫でて褒めてくれた。

「セレンは頭がいいな。飲み込みが早い」

「頭がいいなんて、レイ様しか言いませんよ」

すぐからかうんですから、と言いかけて、セレンはペンをとめた。レイはこめかみを押さえている。頭痛がするのだ。勉強に集中しすぎたと反省し、セレンは手早くお茶を淹れた。厨房に材料を伝えたから、近ごろはお湯を入れるだけでいいように、準備された一式がレイの部屋に届く。

たっぷり蜂蜜を入れたお茶を、レイはおとなしく飲んでくれる。

「お疲れですね」

「今朝、エクエスと話したからな。あいつが発情した神子とつがったし、ミリアから俺がセレン以外は選ばないと知らされたから、長老たちはすっかり次の王はエクエスだという空気なのに、俺が王宮を出ると言ったらすごい剣幕で怒鳴ってきた」

頑固なのは誰に似たんだろう、とレイはため息をつく。

「俺がバシレウスの名を譲るのに反対しているのは、もうエクエスと父だけなのに」

「王様が、反対しているんですか？」

「父は慣習を変えるのがなにより嫌いなんだ。とにかくなにごともなく、不名誉な名前の残し方をしないで治世を終えたい。だから早々に譲位も決めたほどだ。記録を遡《さかのぼ》っても、バシレウスの名前を即位前に譲った例はないとかで、とにかく一度はレイが王になれとしか言わない」

お茶をすぐ飲み干してしまったレイのためにつぎ足して、セレンは首をかしげた。

「じゃあ、一度レイ様が即位されればいいんじゃないですか？」

「そう簡単に行けばいいが、あまり楽観的にはなれないな」

今日はよほど痛むのか、レイは目を閉じて右のまぶたに触れた。強く揉もうとするのをあわててとめる。

「目はそんなふうに揉んではだめです。傷つけることもあるって、神殿の料理長のところに診察に来たお医者様が言ってたんです。どうしても痛んで揉みほぐしたいときは、首のここを」

セレンは座ったレイの後ろに回って、引っ張ってしまわないように長い髪を左右に分け、うなじに触れた。髪の生え際あたりをゆっくり押すと、レイが低く呻く。

「痛いぞ……」

「凝ってらっしゃるからです。力はそんなに入れてません……でも、あまり痛すぎたら言ってくださいね」

料理長と違って、レイは首もがっしりとたくましい。背が高く、首も長いから見ている分には感じないが、触れてみると男性らしい太さなのがよくわかった。生え際から筋に沿って肩までそっと押し、肩に手を置いて、鎖骨の上に指先を押し込む。レイはまた唸ったが、今度は痛いとは言わなかった。

五分ほど揉んで手を離すと、目を開けたレイが驚いた顔をした。

「……目が楽になってる」

「それはよかったです。いつでも言ってくださいね」

ほっとして離れようとすると、レイが手を引いた。ぽんぽんと膝を叩かれて、セレンは顔を火照らせてそこに尻を乗せた。レイはここ数日は、こうして膝の上にセレンを座らせるのが気に入っているのだった。

「セレンには特技がいっぱいあるな」

「マッサージのことですか？　料理長には下手だって言われてましたし、ほかにできることはないですけど」

「茶も淹れられる」

「使用人はたいてい、お茶を淹れられますよ」

「照れるとすぐ耳まで赤くなる」

「そ……れは、特技じゃないと思います」

余計に赤くなってしまって俯くと、レイは長いため息を漏らした。

「ミリアに宣言した以上は、早く王宮を出たかったんだが、やり残したこともひとつあるし、身動きが取れん」

「でしたら、焦らなくてもいいんじゃないですか。なんにもすることがないのに出発できなかったら、退屈かもしれませんけど」

「急いだほうがいいんだ。罪を重ねる人間を出したくない」

「罪を重ねる？」

なんのことだろう、と首をひねったが、レイは「なんでもない」と言ってセレンの髪に口づけると、気を取り直すように微笑んだ。

「せめてエクエスが、セレンくらい聞き分けがいいといいのにな」

「エクエス様はアルファで、僕は使用人なんですから、比べても仕方ありませんよ」

思わず笑ってしまうと、庭からかろやかな鐘の音が響いた。神子たちの、三度目の祈りが終わる時間だ。

「神子殿に一度戻ってもかまいませんか？」

「ああ。神子殿の様子を聞いて、また教えてくれ」

「落ち込んだり、思いつめている神子様がいないか、でしたよね。ヨシュアにも聞いてみます」

お辞儀をしてレイの部屋を出て、セレンは神子殿への道を急いだ。

建物から外に出ると、明暗差のせいかぐらりと目眩がした。足をとめて壁に手をつき、しばらくじっとしていればよくなってくる。

（そういえば昨日も目眩がしたっけ。ちゃんと寝てるし、ごはんもいっぱい食べてるのにな）

気持ちだって明るい。わけもなく足取りが軽くなるくらいで、浮かれすぎだな、と反省するほどだった。幸せな気分が高まりすぎて、興奮のせいで目眩がするのかもしれなかった。

今でもレイが王になれない——あるいは、王になったとしてもすぐにエクエスに譲るだろうことがセレンには残念に思える。しかし、過去にあったできごとをレイが話してくれたことは、日に日に、大きな花のようにセレンの中で育っていた。

本当のことを話さなければ信頼は得られないとヨシュアは言ったけれど、そのとおりだ、としみじみ思う。

レイのことを信じていなかったわけではないけれど、いつももどかしかった。彼のことがわからなくて歯がゆかったのが、なぜ王になりたくないのかを打ち明けてもらったことで消えた。なによりレイが自分を信じてくれたのだと思うと、その重さが喜びに変わっていた。

王宮にいても、ここを離れても、レイとは一緒にいられるのだ。ヨシュアも一緒に、鷹を一羽連れて旅をすることを考えると、セレンだって一日も早く出かけたいような気分になる。

ヨシュアにも、レイが旅に出るつもりだと、早く打ち明けられるといいのだが。

今はまだレイに口止めされているが、時間がかかったとしてもあと数か月、ロワ王が次の王に譲位するまでのことのはずだ。楽しみだな、とわくわくして、ほとんど走るようにして神子殿に入ると、ちょうど神子たちも憩いの間につどいはじめたところだった。

ヨシュアがセレンを見つけて手を振る。憩いの間の隅のほうに陣取って、セレンはヨシュアのためにお茶を注いだ。

「おつとめお疲れ様」

「祈りの時間は好きだから平気。ちゃんと数も数えてきたし、変わった様子の人がいないかも見てきたし」

ヨシュアはかがんだセレンの耳元に口を近づけて囁いた。

「全部で五十一人。前と変わらないと思うよ。悲しそうだったり落ち込んだりして見えるのは、前に図書室で泣いてた人くらいかな。……レイ様、変なことを気にするよね」

「僕も、どうしてレイ様が気にしているのかわからないけど、でも伝えておく。ありがとう」

「あーあ、やっぱり羨ましいな」

ヨシュアはお茶を飲み干すと、からかうような笑みまじりの視線を向けてくる。

「レイ様、ちゃんとセレンのこと大事にしてくれてるみたいだもんね。まさかミリア様にまで宣言するとは思わなかった」

「あれは……べつに、僕のためじゃないと思う」

レイがミリアに「セレン以外愛さない」と言ったことは、すでに王宮中の人間が知っていた。偉い人々の中には眉をひそめている人もいるのだろうが、神子たちのあいだでは、甘い恋物語のように噂されているのだった。

「セレンは控えめなのも美徳だけど、あんまりレイ様のお気持ちを信じないのは可哀想だよ」

ふふ、と満足そうに笑ったヨシュアは、またひそひそと囁いた。

「ね？　恋っていいものでしょ？」

「僕は恋なんてしてないってば」

神子たちがどう噂しようと、レイと自分のあいだにあるのは恋ではない、とセレンは思っている。首を横に振ってみせると、ヨシュアは呆れた顔になった。

「もう、まだそんなこと言ってるの？　絶対レイ様のこと好きでしょう」

「尊敬できる方だなと思うけど、ヨシュアが思っているような好きじゃないし、ヨシュアとナイードみたいな感じでもないよ」

「恋人だって、人それぞれ関係性がちょっとずつ違うのはおかしいことじゃないでしょう。僕たちと違うから恋じゃないって決めつけるなんて変だよ」

「だって、わからないもの。恋なんかしたことないのに、どうやってわかるわけ？」

顔をしかめたセレンに、ヨシュアは得意げににっこりした。

「恋したことがなければ、『これは恋じゃない』って決めつけることもできないよね？」

「――それは……だって」

「僕も最初は、これが恋なんだってわからなかったから、気持ちはわかるよ」

頬を染めて、ヨシュアは幸福そうに胸に手を当てた。

「最初は真面目そうな人だなあって思っただけだもの。神子様と口をきくなんて失礼をすみませんっていっぱい謝ってくれてさ。僕は、すごく幸運に恵まれたって嬉しかった。だって郵便配達人だもの、いろんな町のことを知ってるはずでしょ。神官としか話せないのは退屈だから、次来たときは絶対また僕と話してくださいねって頼んだんだけど、ナイード、困ってたな」

「そりゃあそうだよ。神子様としゃべったなんて知られたら、出入りを禁止されて職を失ってしまうもの」

「ナイードもそう言ってたけど、どうしてもって頼んじゃったんだよね。僕は神殿から一歩も出られなくて、なにも見ることも聞くこともできないから、教えてほしいって。そうしたらナイードが笑ってくれたんだ。たとえ広い場所で自由でも、なにも見聞きしない人たちもいます、それに比べたら、神子様はちゃんと大事なことをご存じですって。その笑顔を見たらね、背中に羽が生えたみたいな気がしたの」

うっとりとヨシュアが目を閉じる。

「夜になっても、翌朝になっても、ナイードの声や表情が頭を離れなくて。早く会いたくてたまらなくて、寂しく思うくらいだった。実際来てくれたら嬉しくて、寂しかったことも忘れちゃうのに、彼が去っていくとまたすぐ寂しくなるんだよ。きっと、あのときにはもう恋をしていたんじゃないかな」

「それ、初めて聞いた」

セレンは、ヨシュアが恋に落ちたのは、もっとあとだと思っていた。ナイードと仲良くなって、こっそりと逢瀬《おうせ》を重ねたあとで――少しずつ気持ちが降り積もって、恋になったのだと。

「でもそれじゃあ、会ってすぐに恋をしたってことだよね。相手のことをよく知らないのに」

「会ったその日にも、わかることってあるでしょ。ナイードがどんなに優しくて、思慮深い人なのかは伝わってきたもの。それに、その人のいいところだけを好きになるわけじゃないし」

「……そうなの？」

いつのまにか、セレンはヨシュアのほうに身を乗り出していた。顔を寄せあって、ヨシュアは真剣な表情で頷く。

「ナイード、とかげが苦手なんだよ。ちっちゃいとかげでも気絶しそうなほど怖いんだって。それに、優しすぎてすぐものを人に譲っちゃうし、腕力もないから小さいときは村でいじめられてたんだって。お父さんと仲が悪いみたいだし、全然、完璧な人間じゃないでしょ」

「……うん」

「お金持ちじゃないから、ナイードと暮らすことになったら、こんな綺麗な服も着られないと思うし、僕もたくさん働かないとだめだと思う。ちゃんと働けるか不安になることもあるけど、でも僕、ナイードと一緒にいるときが一番幸せなの。ただそこにいてくれれば、幸せな気持ちになれるんだ」

「一緒にいるだけ？　話をしなくても？」

「そうだよ。どきどきするのに、不思議と落ち着くんだ。僕が小さいころから聞かされてきた、神子としての幸せはなんにも叶えてくれない人だけど、でもね。誰かひとりを選んでいいなら、ナイードがいい」

「誰かひとりを、選ぶ、なら……」

「恋するって、そういうことだと思う。頭で考えるのとはべつなんだよ」

しみじみとしたヨシュアの言葉に、セレンはそっと視線を落とした。耳の奥に心臓があるみたいに、低いどくどくという響きが奇妙に大きく聞こえる。

（……選ぶ、なら、僕もレイ様、だけど）

それは仕方のないことのはずだ。テアーズもエクエスも、ただ身分が上の人というだけで、レイのように過去の出来事や考え方をよく知っているわけじゃない。エクエスのことだってよく知ったら、尊敬できて、彼と一緒にいたいと思えてもおかしくない——そう考えて、セレンは呆然とした。

想像してみても、エクエスのためには投げ出せない気がする。神官長が実は重荷を抱えていて、とても孤独な人だったとしても、可哀想だと思いこそすれ、一緒に旅に出たいとは思えない。役に立てるなら、誰の命令にだって喜んで従うつもりで、相手が誰であれ、尽くせる幸福には変わりないはずなのに。

レイだけだ、と気づいて息がとまりそうだった。

自分は、いつのまにかレイに恋をしてしまったのだろうか。

黙ってしまったセレンの腕を、ヨシュアはぽんぽんと叩いた。

「僕はセレンの気持ちがもし恋じゃなくたって、レイ様といて幸せならそれでかまわないけどね。もちろん恋でも、すごく素敵なことだし。難しく考えることないんだよ」

「ダニエルが中庭に来たみたいだから、少し息抜きにうさぎでも抱っこしようよ」

「――」

「うん……ありがとう」

どうにか笑みを浮かべたものの、後悔で胸が張り裂けそうだった。

足取りが軽くなるほど嬉しかったのも、恋をしていたせいだったらどうしよう。信じてもらえる誇りでなくて……口づけを望むような「恋」だったら。

ふいにレイの唇の感触が蘇って、セレンは急いで振り払った。先に中庭に向かったヨシュアを追い越して、忘れよう、と決める。恋かもしれないなんて疑ったことも忘れてしまおう。でないと、夜にレイと顔をあわせたときに、普通にしていられる自信がない。

恋だけはしてはだめだ、と自分に言い聞かせる。

けれど、緑が濃く輝く中庭で、閉じていた日よけ傘をひらく使用人たちを手伝いながら、セレンはふっと違う考えが湧くのを感じた。

(――でも、レイ様が王にならずに、王宮を出て身分も捨ててしまうなら……恋は、しても、だめじゃないのかも)

たしかに自分は罪の子だけれど、ただの人間だ。レイがアルファのままでもアルファでなくなったとしても、男同士なのだから子供は生まれない。

前に期待しかけてがっかりしたときは、レイが道具としてセレンを都合よく思っているだけだから悲しかったのだが、今は違う。一緒に旅に出よう、と言ってくれるくらいだから、友人程度には大切に思われていると自惚れてもいいはずだ。王宮も神殿も離れれば、恋をしたところで、誰に迷惑をかけるわけでもない。

ならば恋くらいは、という思いは、まるで悪魔の囁きだった。王にならず、王宮を去るレイならば、セレンの両親のことを知っても腹を立てたりはしない。

「……だったら、恋は、旅をするときまで取っておかなきゃ」

燃えそうに熱い胸を持て余して、セレンは小さく呟いた。まだレイが王になる可能性はある。自分の身勝手のために、レイが王になりませんように、と願うのはあまりに卑しい。

今のままだって十分だ、と自分を戒め、夜にレイの部屋に向かうときには、もっと控えめにしよう、と決めていた。

葡萄畑を見せてもらってから、一緒にいることをすっかり当たり前に感じていた。もっと下働きらしく振る舞うべきだ。

いつもより緊張してレイの部屋に足を踏み入れると、彼は珍しく窓際にいた。

砂漠の中より雨が多いからか、きちんとガラスの嵌められた窓は大きく開け放たれ、レイは窓台に上がって枠にもたれ、夜空を見上げていた。青い月明かりが白く肌に反射し、金の髪は一の月の光そのもののようにきらめいている。憂いを帯びた表情も美しくて、セレンは部屋の真ん中で立ち尽くした。

何度も綺麗だ、美しいと思った相手なのに、平気で触れたり、身体をつなげたりできていたことが信じられない。

「どうした？　こっちに来い。今日は二の月が満月で美しい」

気づいたレイが振り返って微笑む。それだけで絞られたように身体の芯に痛みが走り、セレンはよろめくようにして近づいた。

「お茶——お淹れしましょう、か」

「いや、それより、昼間のように少し揉んでくれ。痛かったが、あれは癖になるな」

レイは身軽く窓枠からおりると、セレンを抱き寄せた。ふわりと涼やかな香りが鼻をかすめて、セレンは反射的に目を閉じた。

「レ、イ様」

声がかすれる。ヨシュアとあんな話をしたせいだろう。意識しすぎるからこんなにあちこちが熱くて、震えがこみ上げてくるに違いない。膝からは力が抜けそうで、目眩がして——息が乱れる。

「セレン？　どうした。具合が悪いのか？」

訝《いぶか》しげに聞いたレイがしっかりセレンを支え、熱っぽいぞ、と言いかけて動きをとめた。

「……セレン、おまえ、神子殿で、発情した神子の世話でもしたのか」

「神子様、ですか？　いいえ……話をしたのはヨシュアだけです」

なぜそんなことを聞かれるのかわからなかった。そうだ報告をしなければ、と思い出して、セレンは無理に続けた。

「祈りの時間に彼が確認した人数は五十一人で、変わりないと思うって言っていました。落ち込んでいらっしゃる方もとくには見当たらないと……以前図書室で、泣いていた方がいただけだそうです」

「そんなことは今はいい。ヨシュアは？　発情していたんじゃないのか」

「……いいえ、してない、と思います」

「ではなにか香か――くそ、香のわけがないな」

舌打ちしたレイの手が腰に食い込んだ。強くかき抱かれて、気が遠くなりそうだ。あ、と絶えそうな声が漏れ、ようやく自分の身体の変化に気づいた。

セレンの分身はいつのまにか勃ち上がってしなり、奥のすぼまりがかゆいように疼いていた。寝台で愛撫をほどこされたときのように反応してしまっている。レイを見ただけで欲情したと思うと申し訳なくて、セレンは身体を離そうとした。

「すみません……今日は、神子殿に戻り、ます」

「このまま帰すわけにはいかない。確かめる必要がある」

ほとんど怒っているかのように低い声で言ったレイは、セレンの服の裾を持ち上げた。忙しなく下着をめくり、前の屹立ではなく、後ろの孔に触れる。指が触れた瞬間、そこがぐしょりと濡れるような感覚が広がった。

「っ、ぁ、……っ、レイ、様っ」

「――濡れてる」

「ぁ、……はっ、んっ、待っ、……っ」

香油も使わず、前からこぼしたぬめりをまとわせたわけでもないのに、レイの指はぬるぬると入り込む。太い指を襞がしっかりと食い締めて、びくびくと腰が揺れた。

「あ……ぁっ、どうして……っ、あ……っ」

「中もだ」

レイの声は絶望したように暗かった。

「奥から蜜が……溢れてきている。信じられないくらいやわらかいのが、おまえにもわかるだろう？　それに、このにおいだ」

「におい……？」

「気が遠くなりそうな香りがする」

レイは眉をひそめ、意を決したようにセレンの首筋に顔を寄せた。深く息を吸い込んで、耐えかねたように背に指を食い込ませる。

「間違いない。――神子の、発情のにおいだ」

「発情？」

ぎくりとして、セレンはかぶりを振った。ありえない。そんなことはあるはずがないのだ。

「そんな……そんなはずはありません。だって僕は、ただの下働きです」

「普通の人間のあいだにも、神子が生まれることはある」

「でも、僕はもう十八なんですよ。神子だったら、遅くても十四までには発情するはずでしょう。今まで一度も、そんなことはなかったのに」

「普通ならたしかにありえない。だが、これは絶対に発情だ」

苦しげな声で、レイは断言した。

「身体が熱いだろう？　花芯も濡れるほど勃っているし、孔はたまらなく疼くはずだ。こんな甘いにおいまでさせて……オメガが発情したのでなければ、こんなふうになるわけがないんだ」

「——ッ、あ、ぁああっ」

ずぶっ、と二本の指がねじ込まれ、背中が反り返った。レイが指を動かすのにあわせて、聞いたこともないほど大きく水音が響く。じゅぶじゅぶと掻き回され、炎のように快感が膨れ上がる。指を含まされたすぼまりだけでなく、うなじまでぞくぞくと快感が満ちていて、それでいて足りなくて、おかしくなりそうだった。

気持ちいい。でも足りない。もっとほしい。

「ッ、レイ、さまっ……ぁ、……っ、あ……ッ」

もっとかき乱されたい。奥まで。もっと太いもので満たして、何度も突き上げてほしい。口づけて、耳にも首にも舌を這わせ、硬くなった乳首をひねってほしい。はしたない声が出てもとめられないくらい、きつく、ひどく——抱いてほしい。

それはぞっとするような欲望だった。レイは手のひらを尻に叩きつけるように、激しく指を出し入れしている。ぱん、ぱん、という音が粘ついた水音にまじり、溢れた蜜が彼の手を汚しているのがわかった。内股に飛び散るほどの量の蜜が、自分の腹の奥から染み出してきているのだ。

レイの雄の象徴を差し込んでほしくて、誘うために濡れている。

「——、ぁ、……っ、ぁ、ああ……ッ!」

彼の太い分身を思い出した瞬間、快感が破裂した。痺れにも、燃えるのにも似た熱っぽい感覚が腹に響いて、あまりの気持ちよさに全身が小刻みに震える。射精するよりも、何倍も深い愉悦だった。

ひくり、ひくり、といつまでも震えるセレンを悩ましげに見つめて、レイは呟いた。

「こんなに愛蜜が出るのは、発情した神子——オメガだけだ」

「……ぼくは、……神子じゃ、……な、」

「神子なんだ、セレン。おまえが嘘をつくわけがないから、今まで、どうしたわけか発情を迎えなかったんだろう」

なにかの間違いだ、と思うのに、反論できなかった。まだ整わない呼吸に胸を喘がせながら、セレンはレイを見上げた。

苦痛をこらえる顔だ。落胆と失望と——怒りと、傷心とを混ぜあわせたような、複雑で痛そうな眼差しがセレンを見下ろしている。

「おまえが、神子だったとは」

ずきずきするほど腹の奥が疼いているのに、心だけが冷たくなっていくのを、セレンは感じた。レイはがっかりしているのだ。セレンが神子だったから。アルファとつがい、子をなしうる存在だから。

「——申し訳、ありません」

彼の胸に手をついて、離れようとした。しかし力が入らずに、足が動かない。レイは重たいため息をついてセレンを抱き上げた。寝台に連れていかれるのだとわかって、セレンは弱くもがいた。

「っ、だめです、レイ様」

「手で慰めるだけだ。神子殿に返して、誰かに発情していると知られても困る。今夜は俺の部屋で過ごせ」

「——」

やはり困るのだ、と思うと心臓を握りつぶされたようだった。セレンが神子だったと知れたら、ミリア妃は怒り狂うに違いない。エクエスを王にしようと納得した人たちだって、レイがアルファとしての本能で神子を嗅ぎあてたのだ、と言い出しかねない。

なにもかもうまくいく目前だったのに、セレンがオメガ性を持っていたせいで台なしになる。

「すみません……僕……、ごめんなさい」

ほかにどうしようもなく、セレンは謝罪を繰り返した。

「レイ様は、奥で休んでください。僕はここでじっとしていますから」

「だめだ。おまえの花芯がまだ勃っているからな。——ここがくったりと萎えるまで達しないと、楽にならない」

「楽じゃなくても平気です……っ、あ、……っ」

寝台におろされ、服をはぎ取られるだけでぞくぞくした。乳首が痛いほど尖り、腹につきそうにしなった性器からは体液がしたたる。大きくひらかされた股の奥はべっとりと濡れ、触れると悲鳴のような喘ぎが口をついた。

「あ、ぁあっ、……っ、あ、……っ」

ぬかるんだ孔の中はまるで泥だった。すっぽりとレイの指を呑み込み、歓喜に醜く震えている。やわらかさを確かめるように曲げられた指先がぬるつく襞を抉《えぐ》り、セレンは口を覆った。

「ん、——っ、……っ、ん、う……っ」

神様、と生まれて初めて祈った。

僕はオメガ性なんてほしくなかった。ただレイ様のそばにいたかっただけなのに——これは愚かにも恋をした罰でしょうか。

旅に出たら恋をしてもいい、と思い上がってしまったから、ばちが当たったのか。だったら、二度と分不相応な願いは抱かない。この気持ちは捨ててしまうから、どうか。

(どうか、僕をただの人間に戻して。……神様)

明け方、喉の渇きで目が覚めると、レイは隣にいなかった。レイの部屋の手前の寝台の上で、セレンは昨晩のまま、眠ってしまったようだった。服は床に落ちている。息をつめて奥の部屋を窺い、レイが起きてこないのを確認して、急いで服を身に着けた。

身体はだるくて重いが、歩けないことはない。部屋を出て、白くひんやりと静まり返った空気の中を神子殿へと戻ると、神子たちはちょうど、一度目の祈りへと向かうところだった。

「セレン!」

列の中から、ヨシュアが駆け寄ってくる。

「大丈夫? どうしたの、こんな時間に。ふらふらしてる——熱があるの?」

「風邪を、ひいたのかも」

心配顔のヨシュアにどうにか微笑んだけれど、自分でも引きつっているとわかる笑みにしかならなかった。なにか言いたげなヨシュアを押し返す。

「行って。みんな見てる」

「――お祈りが終わったら部屋に行くから、待ってて」

強張った顔のヨシュアは振り返り、振り返りしながら神子たちの列に戻っていく。見えなくなるまで見送って、セレンは部屋へと戻った。

寝台に倒れこむと、ぞくぞくした寒気と、抑えがたい熱とが同時にやってくる。肌は粟立つのに、内側には燃えるような欲求が渦巻いて、みぞおちあたりが痺れた。下腹が重い。すぼまりがひくついたかと思うと粘ついて濡れる感触がして、セレンは横向きになってぎゅっと太ももを閉じた。

できるだけ静かに息をして、淫らな飢えを忘れようと努める。大丈夫。今まで十八年間ただの人間だったのだし、レイに抱かれたときでさえ、こんなにどろついた欲を覚えることはなかった。だから、気のせいなのだ。熱くないし、濡れたりしないし、ほしくもない。

すっと肌をすべるレイの指先を思い出し、セレンはひとり声を噛み殺した。

レイはがっかりした顔をしていた。

きっともう、そばには寄らせてもらえない。王にならないレイはどこに行くにしてもオメガを連れては行かないだろう。万が一にも子供ができてしまっては、禍根の種になる。あるいは気が変わって一度でも王位につくことになったら、セレンは決して相手をつとめられない。許されない罪を犯した神子の子供を、たとえレイが許しても、ほかの王族は許さないだろう。

（……僕は、どうなるんだろう）

レイと一緒にいられなければ、セレンはどこにもあてがない。オメガ性を隠したままで王宮や神の庭で下働きを続けるのはおそらく無理だ。発情したオメガは甘い欲情の香りを放つ。もしオメガ性だと打ち明ければ、罪の子であることも知られて死罪になるか――あるいは、母の分も仕えよと言われて神子に召し上げられるかもしれない。

誰か知らない王族に組み敷かれるのを想像して、セレンは大きく震えた。それはいやだ、絶対に。

レイ以外の人間に触られて、身体の中まで暴かれ、挿入されて精汁をかけられるなんて苦痛でしかない。

初めてヨシュアの抱いていた不安や苦痛に心から共感できて、ため息がこぼれた。セレンはまだ、初めて触れてくれたのがレイだったからよかったけれど――そう考えてようやく、諦めざるをえなかった。

イリュシアの神殿にいたころなら、平気で身体くらい差し出しただろう。鞭で叩かれるのも性器を挿入されるのも大差はない。役に立てるのだと言われたら、喜んで抱かれたと思う。

でももう、セレンはレイに触れられた記憶がある。手のひらの熱、指先の優しさ、唇の湿り気、収められた分身の重さ。声と言葉と眼差し。レイは一度たりとも、セレンの存在そのものを――生きていることを、否定したりはしなかった。

本能にすぎない快楽でも、与えてもらうならレイがいい。

あとにとっておく、なんて欺瞞《ぎまん》だった。とっくにセレンはレイに惹かれていて、だから今、こんなにも胸が張り裂けそうなのだ。してはいけない恋に落ちてしまったから。

(――レイ様)

会いたかった。でも、会えばきっとすがってしまう。発情した身体を押しつけて許しを乞い、どうか連れていってもほしい、と頼んでしまう。

レイ様、と呟いて、セレンは小さく丸まった。目を閉じて数をかぞえ、ひたすらに熱が鎮まることだけを願う。ミント入りのお湯でもかけたようにじわじわと感じられた下腹部は、十五分も経つと徐々に楽になってきて、安堵で力が抜けた。

劣情が去ればだるいだけで、風邪でもひいたようだ。ぐったりと仰向けになっていると、やがてひそやかな足音と衣擦《きぬず》れの音がした。

「セレン！　大丈夫？」

入ってきたヨシュアは元どおりに衝立で戸口を隠し、身を起こしたセレンの手を飛びつくように握った。そのまま、首筋に顔を近づける。咄嗟に避けようとしたが間にあわず、ヨシュアは驚愕《きょうがく》に目を見ひらいた。

「やっぱり、さっきの勘違いじゃなかったんだ。……セレン、発情のにおいがする」

違う、とは言えなかった。嗅がれた首筋を押さえて俯く。

「神子でも、わかるものなの？」

「自分のにおいはわからないんだ。でも、人のはわかる。セレン……神子だったんだね」

「――僕は、神子じゃないよ」

「でも」

「ただオメガ性だっていうだけだ。ただ……発情して、迷惑をかけてるだけ」

「セレン」

傷ついた声を出して、ヨシュアはセレンの手を握り直した。

「そんなふうに言わないで。僕だって、神子なんてやだなって思うけど、セレンにはいいこともあるでしょ。レイ様と結ばれることもできるんだよ」

「絶対にないよ」

首を横に振って、セレンは覚悟を決めてヨシュアを見つめた。

「レイ様はね、王になりたくないから、僕を選んだんだ。絶対に身籠らない相手だからだ。だから、僕がオメガ性だと困るんだよ」

「……でも、レイ様はもう、セレンのことを愛してるじゃない」

「愛してなんかくださってないよ。もし、そんなことがあったとしても――僕はレイ様のおそばにいてはいけないんだ。僕は……僕は、罪の子だから」

「罪の子？」

ぽかんとしたようにヨシュアは繰り返した。セレンは力なく微笑んだ。

「母は結ばれてはいけない相手と恋をしたんだ。僕は本当は、生まれてはいけなかった」

「……そんなの、おかしいよ。セレンには関係ないことだし、レイ様は許してくださると思う」

唇を尖らせるヨシュアは純粋で優しい。彼はナイードと恋に落ちることを恐れはしなかったのだろう。僕は怖い、と思って、セレンは床におろしたつま先を見つめた。――靴を、レイのところに置いてきてしまった。裸足《はだし》だと気づかないほど、動揺していたのだ。

「――レイ様、昨日の夜、すごくがっかりした顔をしたんだ。おまえはオメガだったのかって」

「そんな……」

「オメガでもかまわないと思い直してくださったとしても、僕の親が犯した本当の罪を知ったら、きっと厄介で面倒だって思うよ。……僕は迷惑をかけたくない」

「――いやだな、僕は」

拗ねたような、泣くのを我慢するような顔でヨシュアはなおも言った。

「だってなんだか、セレンが理由をつけて、レイ様と結ばれたくないって逃げてるみたい」

「……」

「どうして？　誰かを好きになるのって、そんなにいけないこと？　そりゃ、身分や事情はいろいろあるかもしれないけれど、本当は『好き』って、とても綺麗な気持ちでしょう」

「そうだね。……でも」

ヨシュアにとっては綺麗な感情が、セレンにとっては怖いのだ。ずっと疎まれてきたから。理不尽な怒りを浴びるほど、いけないことだと刷り込まれてきて、急には受け入れられない。自分が恋をしたことも――もしかしたらレイも、恋に落ちかけていたことも。

一瞬でも、ずっと一緒にいられるなら恋をしてもいい、なんて思ったのが間違いだった。恋に溺れれば、両親のように誰かを不幸にして、レイにもいやな思いをさせるだけだ。

「……でも、僕は、臆病だから」

ヨシュアは黙っていた。寂しそうな表情の彼に微笑んでみせて、セレンは言った。

「ひとつだけ、お願いを聞いてもらえる？」

「……うん」

「レイ様が来ても、絶対部屋には入らないようにしてほしいんだ」

なにか言いたげにヨシュアはまばたいて、それでもため息をついて頷いた。

「わかった。今はセレンも不安だもの、少し考える時間が必要だよね。ただでさえ初めての発情ってつらいから、ゆっくり休んで」

「ありがとう。……ごめん」

「僕はいいよ。おやすみ」

名残を惜しむように頭を撫でてくれたヨシュアが部屋を出ていく。どっと疲れが襲ってきて、セレンは仰臥して天井を見つめた。使用人のための部屋だからか、なんの飾りもない白い天井だ。脳裏にのびやかな花が描かれた市場の天井が浮かび、目が熱くなる。

けれど干からびたみたいに、涙は出なかった。

眠ろう、とセレンは自分に言い聞かせた。じっと目を閉じていればそれほど難しくはなく、やがて浅い眠りが訪れた。

ざわめきや風の音が、近づいたり遠のいたりする。起きているとも寝ているともつかない心地だったけれど、鎮まってはぶり返す欲情の波に翻弄されながらも、うとうと眠っては目覚めるのを繰り返すうちに、気づくと黄昏《たそがれ》の薄暗さが部屋を満たしていた。セレンは痛む目を押さえようとした。

その手を掴まれ、瞬間的に身体が強張る。

「セレン」

ひそめた声の主は思いがけない人物だった。サヴァンは険しい顔をして、セレンを見下ろしている。

「こんなことになるなんて、僕も残念だよ」

「……なんの、ことでしょう」

セレンは手を引こうとしたが、サヴァンの力は思いのほか強かった。細い指がぎりぎりと手首に食い込んでくる。

「発情のにおいがする。——おまえがオメガだったなんて、最悪な運命だと思わない？」

睨みつける目は暗がりでも強い光を帯びていて、セレンはいたたまれずに顔を背けた。すみません、と呟くと、サヴァンは余計にいらだったようだった。

「謝ってすむことじゃないでしょう。わかってるの？　おまえがオメガで、しかも罪の子だと知れたら、おまえの母や父の罪が明らかになるだけじゃない。かばった当時の神殿の人間も、テアーズ神官長だって、罪を着せられるんだよ？」

「……っ」

愕然《がくぜん》として、セレンはサヴァンを見上げた。自分よりも幼げな顔をした神子は、憎悪で顔を歪めている。

「……どうして……サヴァン様が、それを」

「テアーズ神官長ともうひとりの神官がおまえの母親の話をしているのを聞いたことがあるんだ。それで料理長にそれとなく聞いたんだよ。お酒を飲ませて、セレンはなぜ生まれたの、って。そしたら全部教えてくれたよ。——ちょっと注意深く過ごしていれば、いくらだって真実を知ることができる。ただ笑って祈りだけ捧げる神子にはできない芸当かもしれないけどね」

得意げに残酷な笑みを浮かべ、サヴァンは手を離したかわりにセレンの顎を掴んだ。

「テアーズ神官長は度胸がないから、おまえを殺しもせずに隠しておくだけだったけど、僕はそんなに馬鹿じゃない」

「っ、サヴァン、様」

「ミリア様にね、おまえのことをお話ししたよ」

息がかかるほどの距離に顔を近づけて、サヴァンは囁いた。ぎくりと青ざめたセレンを舐めるように見つめる。

「僕はおまえの母親の名前も知ってるからね。アリアという裏切り者の神子の子供が、今さらオメガ性に目覚めたと言ったら、震えるほどお怒りだったよ」

「——……ミリア様が」

レイに向かって叩きつけられた罵声を思い出し、背筋が冷たくなる。あれだけレイを憎んでいた彼女がセレンのことを知ったら、当然、怒るだけではすむまい。今ごろレイを呼び出してまた花瓶を投げつけているかもしれない、と思うと気が遠くなりそうだ。ミリアのことを嫌いにはなれないと言っていたレイ。今まで以上の憎悪をぶつけられたら、どれほど傷つくだろう。

「おまえは本当に役立たずだよね」

押し殺したサヴァンの声が、毒のように耳にすべりこんだ。

「どんくさくて仕事ができない下働きというだけで厄介者だったのに、その上罪の子だなんて。

どうしてテアーズ様がおまえなんかを生かしておいたのか、僕はわからないな。おまえがいるせいで、みんな迷惑だ。ミリア様は傷ついてお怒りだし、レイ様だって――わかるだろう？」

聞くまい、と思っても、声からは逃れられない。

「王になれないのはレイ様も本望だろうけれど、エクエス様が王になったところで、レイ様が兄ということには変わりない。アルファ性が失われるわけじゃないんだ。可哀想に、自由に過ごすことも許されないだろうねえ。憐れんで愛してやると決めたばかりに、レイ様の未来も奪われてしまうんだ。ただの下働きだったらまだよかったのに……おまえが、オメガだったせいでね」

「――僕の、せい？」

「決まっているでしょう。だいたい、十八にもなっていきなり発情するだなんて、汚らわしいと思わないの。異常だよ。どうせレイ様に目をかけていただいて、思い上がって神子になりたいとでも願ったんでしょ。――母親に似て、淫売みたいだ」

ぐさりと侮蔑が突き刺さり、セレンは唇を噛んだ。屈して目を閉じてしまうと、サヴァンは耳に口づけそうなほど顔を近づけた。

「おまえが取れる一番いい方法を教えてあげる」

「一番……いい、方法？」

「死ぬのが一番だけれど、ここで命を絶たれたら、それもレイ様には迷惑でしょう。死体を片付ける人間だって気分が悪いだろうしね」

冷酷に言い放ち、サヴァンはほとんど愛撫するかのような手つきでセレンの頬を撫でた。

「だからおまえは遠くに逃げるのがいい。異国まで行けば、オメガ性でも働き手として雇いたいという人がいるそうだよ。リザニアールでは罪の子でも、異国なら関係ないもの、おまえも人の役に立って少しでも生き延びられるなら、十分すぎるんじゃない?」

「異国……」

「今なら手助けしてくれる人がいるよ。明日までぐずぐずしてレイ様に迷惑をかけてもいいならとめないけど——どうせここにいたって、役立たずで嫌われながら死ぬだけでしょう? 仲良くしていたという理由で、ヨシュアにも罰があるかもね? なにしろ、あの子だっていけない恋をしてるんだからさ。おまえ、あの子が恋人に手紙を出すのを手伝っただろう?」

「っ……」

もはや、どうしてそれを知っているのかと問うこともできなかった。知られている以上、「なぜ」とか「どうやって」と聞いたところで意味はない。

(ほかに方法はない。サヴァン様に助けてもらうしか……)

レイがヨシュアに言ってくれた言葉は覚えている。神子殿から人知れず逃げ出すのを手伝う者がいたら、それは悪党だ、と言っていた。サヴァンの言う「手助けしてくれる人」もきっといい人ではない。でも、それでかまわなかった。

ここにいて、レイに迷惑をかけるよりは。再びあの落胆した顔を見るよりは――悪人にでも捕らえられて、売られたほうがいい。

「行きます」

「当たり前だよ。おまえは行かなきゃならないんだ」

サヴァンは嫌悪するように眉をひそめ、セレンの手を引いて立ち上がらせた。動くと身体がまだだるいのがよくわかる。微熱があるのか手足が重い。よろめいて衝立を回り込み、部屋の外に出ると、そこには顔を隠した男が二人、待ち構えていた。黒い頭巾の隙間から、目だけが鋭くセレンを見据える。

嫌な空気に立ちすくんだときにはもう遅く、ひとりがセレンの腕を掴み、もうひとりが口に布を噛ませた。もがいても彼らはびくともしない。すぐに両手首を縛られ、猿轡《さるぐつわ》で呻き声しか出せなくなったセレンは、頭に布袋をかぶせられ、かるがると担ぎ上げられた。

「急いで、人が来ないうちに」

サヴァンが忙しない声で囁いて走り去っていく。男たちのほうは焦る様子もなく忍び笑った。

「偉そうな口をきいても神子は神子だな。小心者だ」

「あれで悪党気取りだからな、あいつは」

彼らが歩くのにあわせて頭がぐらぐらと揺れ、吐き気と目眩がした。閉じられない口から溢れた唾液が噛まされた布に染み、どんどん息苦しくなってくる。足音はすぐに建物の中の床を踏む音から、外の地面を歩く音に変わった。目眩のせいか、どの方角に向かっているかも、周囲の気配も感じ取れない。

一瞬だけ、誰かが通りかかってくれれば、と願い、セレンはすぐに諦めた。見つからないほうがいい。ひそかに王宮を逃げ出して遠くへ行き、多少なりとも誰かの役に立って――ひっそりと死ななければならないのだから。

（ごめんねヨシュア……ごめんなさいレイ様）


おそらく王宮を出たあとで荷車に乗せられ、三十分ほどは運ばれただろうか。

身体に響く揺れが神経を刺激したのか、再び担ぎ上げられてどこかに降ろされたときには、発情が襲ってきていた。

二人の男は誰かと挨拶を交わしている。ランプのにおい。屋内だ、と思ったが、転がされたのは土の上のようだった。

「出発はいつだ？」

「ほかの荷があるから、夜更けすぎだな。朝が来る前には出るさ」

「助かるよ。お局《つぼね》様がお急ぎでな」

近くに男たちが座り込む。器に酒かなにかそそぐ音が聞こえ、ほどなくひとりが近づいたかと思うと、つま先でこづかれた。

「見てもいいですかい？　俺はこの手の荷物は初めてで」

「かまわんよ。砂漠の先の大河の向こうに売られていくんだ、どうせ二度と会わねえからな」

どことなく淫靡《いんび》な笑いまじりに許可されて、セレンの頭を覆っていた袋が外された。

橙色の明かりに思わず目を細め、セレンは覗き込んだ男を見上げた。髭をたくわえた、見知らぬ男だ。まだ若い。その向こうにはセレンを連れてきたのだろう二人と、もうひとり、中年の男が半円を描くように座り、こちらに視線を向けていた。周りを囲んでいるのは茶とも灰色ともつかない布で、天幕の中なのだと知れた。

袋を取った男は左膝をつき、セレンの髪を掴むと顔を上げさせた。

「——ン、うっ」

乱暴な扱いに痛みを覚えても、噛まされた布のせいでまともな声も出ない。苦しさに歪んだ顔を一瞥し、若い男は唇を舐めた。

「こいつが神子ですか。見たのは初めてだ。やっぱり綺麗なツラしてるんですね」

「なんでもそいつは神子じゃないらしいな。オメガではあるらしい」

「オメガは神子のことでしょう。そのへんの村で生まれても、オメガなら神の庭に集められて、贅沢な暮らしができる」

「いい身分だよな」

セレンを王宮から連れ出した男のひとりが下卑た笑い方をした。

「ちやほやされたあとは王宮で、王族たちに抱かれて悦がってりゃいいんだろ。リザニアールじゃ具合のいいオメガはお偉いさんが独占してるってことだな」

「やっぱり、具合はいいんですか？」

顔を掴んだ男が舐めるような視線をセレンの身体に這わせる。着ていた服の喉元を指で広げて胸を覗き込まれ、嫌悪でぞくりと鳥肌が立った。

「たしかに、吸いつきそうな肌だ」

「そりゃそうだ。俺たちの国じゃあ、オメガといえば売春屋だ。男だろうと女だろうと使い心地はいいし、発情期になれば一晩に何度だってやれるからな」

酒を飲み干した男は見慣れない管のようなものに乾燥した葉をつめはじめる。にごった目で見られるとねばつくようで、セレンは喉を鳴らした。まさか、と思う。働いて役に立てるとサヴァンが言っていたのは——身体を売る、ということなのだろうか。

怯えたセレンに、男は嘲りの笑みを浮かべた。

「発情すると我慢ができないんだろう？　精をほしがるあまりになんだって言うことを聞くんだ、オメガってやつは。向こうに着けばおまえも立派な淫乱野郎さ。おとなしく神子におさまってりゃ、王宮でちやほやしてもらえただろうに、馬鹿なやつだ」

「そう言うな。神子たちが自由を夢見るおかげで、わしらはいい商品が定期的に手に入るんだ」

奥にいる中年の男が低く笑う。そうとも、ともうひとりが杯をかかげた。

「今回はしかも格安ときた。けっこうな上物なのにな」

「なんでもお局様の因縁のある相手だとかでな。なんでもいいから早く連れていってくれって。神子になりたがらないオメガで幸いだったとか言って、連絡役の神子はずいぶん急いでいたな。まるでねずみでも追っ払うみたいだった。神の子なんて言って祭り上げられても、出世欲とは無縁ではいられないらしい」

管に葉をつめていた男が火をつける。不思議な香りのする煙が立ちのぼり、セレンはくらくらしながら必死に考えた。

お局様、と呼ばれているのはたぶんミリアだろう。レイが「セレン以外とはつがわない」と誓って喜んだのもつかのま、セレンがオメガとわかって恨まれたのだとして——サヴァンは彼女に言いつけられて、自分を売ったのだろう。

（……売られても仕方ないか）

むしろ、ミリアの怒りの矛先がレイに向かわなかっただけましだ。わずかに浮かんだ疑問と不安は、すぐにだるさと諦めにとってかわった。顎を掴んだままの若い男の向こうから、煙を吐き出した男がセレンを見つめた。

「嗅いでみな。甘ったるいにおいがするだろ」

「――します。さっきから」

若い男の目は血走っていた。荒い息を吸い込みながら顔を近づけて、耳へと舌を伸ばす。

「んっ、ぅ……っ、んんっ」

ぬるりと耳の付け根を舐められて、背筋を悪寒が走った。髭がこすれる感触が気持ち悪い。味わうように舌を鳴らす音が汚らわしく響いた。

「花の蜜でも舐めたみたいだ。腰にくる……」

「味見していいぞ。もう手はついてるらしいからな、せいぜい慣らして、具合のよさで売るしかない」

こともなげに後ろの男が言い、管をとんとんと叩く。セレンはぞっとして彼を見やり、それから手が汗ばんできた若い男を見上げた。

「いいんですか」

確認を取る声はかすれていて、男たちが笑う。

「しばらく女にありつけなかったか？　発情ははじまったばかりらしいから、道中もしばらく楽しめるが、まあほかの荷が来るまでゆっくり使えよ」

彼が言い終えるより早く、若い男はセレンの服に手をかけた。猛々《たけだけ》しい手つきで前を破り、下衣を引きずり下ろす。セレンは反射的にもがいたが、手を縛られ、発情で重い身体はまともに動かない。やすやすと足首を掴んだ男は高くかかげるように持ち上げて左右にひらいた。

みっともない格好に、かっと身体が熱くなる。

「う、んん……っ、うー……っ」

「……濡れてる」

「そりゃそうだ、発情したオメガだからな」

年かさの男たちに笑われても、セレンの股間を凝視した男は気にする余裕もないようだった。

セレンは顔を背けて目を閉じた。いやだ。見られたくない。触られたくない。

ほかに方法はないのだから我慢しなければいけないけれど——それでも。

（いや……っ、いやだ、こんなの……っ）

もがいても、動かせるのは腰だけだ。身をくねらせるセレンに若い男は鼻息を荒くし、震える手ですぼまりに触れてくる。かりかりとひっかくようにうるんだそこをいじると、我慢できなくなったようにずぶりと指を突き入れた。

「——っん、ぐ、ぅ……っ」

痛みはないかわり、いやな異物感に総毛立つ。力が抜けかけ、セレンは歯のあいだの布を噛みしめた。

二度とレイには会えないなら、どこで死んでも、どう生きようと同じだ。奴隷として売られてもかまわない。けれどせめて、彼が触れてくれた身体をこんなふうに汚されたくない。

放された足をなんとか振り上げて、指を挿入した男を蹴りつける。たいした力は入らなくて、男は舌打ちして顔をしかめた。

「ぐちょぐちょにしてるくせに、いやがりやがって。死にたくなきゃおとなしくしてろ！」

乱暴に指を抜き取られ、セレンは後ろにずれようと身体を起こした。男は睨《ね》めつけながら自分の服の裾をめくり上げる。下衣をずらして己を取り出すのを見て、セレンは身体を反転させた。手を縛られていても、仰向けよりうつぶせのほうが這って逃げやすい。けれど、前腕を支えに這おうとした腰に手がかかり、強引に引き戻された。

「んーっ、ん、ぅうっ、んんっ」

「静かにしろ！」

怒鳴りながら尻だけを高く持ち上げられ、弾むものが忙しなくあてがわれて、セレンはきつく手を握った。爪を手のひらに食い込ませ、襲いくる衝撃に耐えようとした、そのときだった。

音が入り乱れ、急に風が吹きつけた。周囲を覆っていたはずの天幕がなくなって、男たちの怒号が響く。

セレンは放り出されて地面につっぷした。なんだてめえ、と男がすごんだ直後にはばきばきと不穏な音がいくつも連続し、セレンは青くなった。きっと盗賊だ。商人の天幕が襲われるのはよくあることで、男たちのかわりに盗賊に捕まっても、この先の運命がましになるとは思えない。

逃げるか、おとなしくするべきか。迷うあいだに強い力で肩が掴まれ、セレンは竦み上がった。殺されるかもしれない、と目を閉じてしまい、次の瞬間に抱きすくめられて、すぐにはなにが起こったのかわからなかった。

「セレン――セレン」

呻くような囁き声に、どきんと心臓が跳ねる。こわごわ目を開ければすぐそばに金の髪が見えた。レイだ。

――レイが。

「待ってろ。苦しいよな。どこか、痛めたところはないか？」

レイはすぐに猿轡をほどいてくれ、何度もセレンの顔を撫でた。青い瞳が不安げに揺れていて、セレンは塞がれていたせいで痺れたように感じる口をひらいた。

「だ……いじょうぶ、です」

「乱暴はされていないか？　犯されそうになっていただろう。触ったのはあいつだけだろうな」

「はい。……レイ様が、来てくださったから」

レイは手首を縛った縄も切ってくれた。彼の後ろでは、ダニエルが男たちを縛り上げているのが見える。奇妙なほど手慣れているのは、普段動物を相手にしているからだろうか。ちらりとそんなことを思い、セレンは安堵と同じだけこみ上げてくる申し訳なさに目を伏せた。

「まさか、来ていただけるなんて思いませんでした」

「ダニエルが不審な男を見かけて、あとをつけてくれたんだ。街の外でとまってくれて助かった」

硬いセレンの表情を見て、レイが安心させるように微笑んでくれる。抱き寄せて立ち上がらせてくれる仕草はひどく優しかった。

「怖かっただろう。帰ろう」

「――助けていただいて、ありがとうございました」

跡がついてしまった手首を隠すように胸に引き寄せて、セレンは深く俯いた。犯されかかった嫌悪感がまだ尾を引いていて、指先が小刻みに震えるのをとめられない。けれど、レイにすがるわけにはいかなかった。

「僕は王宮には戻れません。助けていただく価値のない人間ですから」

「なにを言ってるんだ、セレン」

困惑したようにレイは言い、両手でセレンの腕を掴む。

「顔を上げてくれ。親の罪のせいか？　気にしなくていいと言っただろう。セレンに価値がないだなんて、誰にも言わせない」

「ただの、罪人の子供ではないんです」

覚悟を決めて顔を上げれば、まっすぐに見つめてくる青い瞳と視線がぶつかる。気遣うように眉を寄せたレイの顔を見ると、胸の中で嵐が吹き荒れるようだった。

今でさえ、こうして見つめあえばそばにいたい、と思ってしまう。どんなかたちでもいい、そばにいられたら幸せを感じられる。好きなんだ、と実感せずにはいられなくて、だからセレンは苦しい。

「僕の母は、神子でした」

「べつにおかしなことじゃない。セレンだってオメガだろう」

「神子でしたが、王宮には上がらなかったんです。成人を迎える前に、盗賊に誘拐されて――その賊と恋に落ちたそうです」

レイはなにか言いかけて、黙って続きを促した。

「母はそのまま逃げるつもりだったようですが、結局神の庭に連れ戻されました。でもそのときはすでに僕を身籠っていたそうです。神子を盗む罪を犯した賊は処刑されたそうですが、母は当時の神官長の温情で、存在を消されたかわり、神殿の奥で僕を産みました。母はまもなく亡くなって――僕は万が一オメガ性を持っていたときのために、神殿の中で下働きとして過ごすことになりました。僕が十五になっても発情が来なかったので、代替わりした神官長はほっとしたと思います。なにしろ、神子を盗まれたことは責任を問われるべきなのに、隠してしまった以上、許されざるなりゆきで生まれた子供が神子だったら、また隠さなければいけなくなりますから」

「……神殿はなぜ、おまえの母を隠したんだ」

レイは険しい顔だった。彼が怒りを覚えるのも当然だ。セレンはそっと目を伏せた。

「母のしたことが公になれば、当然死罪です。ただ誘拐されただけでなく、賊と恋に落ちて、自ら逃げ出そうとしたんですから。けれど当時、母は神殿では一番美しく清純だと大切にされていたそうなので……当時の神官長が、不憫《ふびん》だと匿《かくま》ってくれたと聞いています」

言ってから、急いでつけ加える。

「でも、もちろん、許されないことです。テアーズ神官長はそういう不正がお嫌いで、母は処刑されるべきだったし、せめて僕が生まれたときに殺してしまえばよかったとよくおっしゃっていました。ですから、神殿がこぞって王族に逆らったとか、そういうことではないんです。僕がこうして打ち明けているのは、僕が存在してはいけない人間だとお伝えするためです。神殿には、どうかお咎めなくお願いします」

「かばうのか？」

不機嫌な唸り方を、レイはした。セレンは首を横に振る。

「ずっと育てていただいたから、迷惑はできるだけかけたくないんです。前の神官長はお優しい性格だったから匿ってくださったんだし、母が誘拐されたのは、神殿の誰かが悪いわけではないですよね。警備が足りなかったと言われたらそのとおりですけど、誰も誘拐させるつもりでいたわけじゃないでしょう。——罪があるとしたら、僕だけなんです」

「――」

「生まれないほうがよかった存在です。でも生まれてしまったから、せめて役に立ちたいと思っていました。人を好きになる資格はないから、一生ひとりだけど……誰かのお役に立てればいいって思っていたのに、本当にごめんなさい」

「なぜ謝る」

低い、鋭いレイの問いにきりきりと胸が痛んだ。その痛みを無視するように、胸の前で握った拳に力を込める。

「ご迷惑をおかけしました。僕がオメガだなんて……レイ様にとっては役に立たなくなるどころか面倒なだけですよね。十八にもなって急に発情するなんて――きっと、罰なんです」

「罰？」

「僕が――レイ様に、恋をしたから」

口にすると恥ずかしさといたたまれなさで消えてしまいたかった。改めて、なんて愚かなのかと呆れてしまう。自分にとって恋は悪いものなのに、浮かれて王子に恋してしまうなんて。

「絶対、母みたいにはならないって……誰にも迷惑はかけないって思っていたのに、申し訳ありません」

深々と頭を下げて、セレンはそのまま膝をついた。硬い地面に額をつけると、はるか上からため息が聞こえた。

「おまえの言いたいことはわかった。だが、王宮には一度戻ってもらう。おまえがどうやってこの男たちに連れ出されたのかも詳しく聞かねばならないからな」

「――はい」

仕方ないことだとセレンにもわかって、ぬかずいたまま返事をした。レイはかがみこんでセレンを立たせると、服を一枚脱いで着せかけてくる。咄嗟に拒もうとしたが、「着ていろ」と譲らなかった。

「外はもう寒い。――馬で戻るから、少しつらいだろうが、耐えてくれ」

セレンは黙って頷いた。口をひらいたら嗚咽《おえつ》が漏れそうで、なにも言えなかった。レイのぬくもりを宿した青い服はやわらかく身体を包み込んでいて、それがたまらなく――どうしようもなく悲しかった。

発情が終わるまで五日もかかり、セレンは王宮の中に与えられた部屋でほとんど寝て過ごした。神子殿ではないからヨシュアが来てくれることもなく、レイも一度も訪ねてはこなかった。かわりに医者が様子を見てくれ、もう終わったと断言してくれた翌日、セレンは議会の席に証人として呼び出された。

どっしりとした石の椅子に座っているのは、レイをはじめ、エクエスや神の庭にも来た従兄たち、壮年から老齢までさまざまなリザニアールの長老たちだ。冷静な分、無遠慮な視線が突き刺さってセレンは萎縮してしまったが、レイは淡々と命令した。

「セレン。まずはおまえの生い立ちから話せ。包み隠さずに、知っていることをすべてだ」

裁かれるのだ、と悟って胃が縮むような心地がしたが、逃げることも、ごまかすこともできない。セレンはレイに伝えたとおりの両親の話をし、問われるまま自分のことも語った。王宮から出ていく手助けをすると言われて男たちに引き渡されたこと。連れていかれた天幕で見聞きしたこと。

すべて話し終えると、ひそひそと長老たちが言葉をかわし、王族たちはしぶい顔だった。レイひとりが落ち着き払って手を上げる。

「ダニエル。入れ」

どきりとして振り返ると、彼が衝立の向こうからこちらへやってくるところだった。そういえば、レイが助けに来てくれたときに、ダニエルが教えてくれたからだと言っていた。セレンの証言を裏づけるためだろうか、と思ったのだが、レイの命令は違っていた。

「おまえの罪について話せ」

罪？　と、セレンだけでなく全員がざわついた。ダニエルはセレンの隣まで来て、ごく穏やかに頷く。

「私は二十年ちかく前に、ひとりの神子を盗みました」

「――！」

セレンは思わず隣に立つダニエルの横顔を見上げた。

（盗んだって……まさか）

「当時、俺はイリュシアに住まう人間をよその国に逃がすのを生業《なりわい》にしていたんです。俺の生まれた国じゃ、人間は商品のひとつでね。王族の方々はご存じないでしょうが、神の庭に住む元神子の中には、自分の子供を神子として差し出したくない、と考えるやつもいる。彼らはよその国ではオメガ性でも居場所を限定されず、自由に暮らしているという噂を信じて、自分の子供を送り出すんです。実際は俺たちが売っちまうんですが、最初はそういう連中からの依頼で金をもらって、神子になる前の子供を運んでいた。そのうち、神殿からも頼まれるようになったんです。逃げ出したい神子だけでなく、競争相手を消したい神子もいた。オメガは外国でも高く売れる。わりのいい商売だから、頼まれれば喜んでやりましたよ。アリアの――セレンの母親のときも、ある神子に頼まれたんです。警備は手薄にするから、盗んでくれとね」

居並ぶリザニアールの長老たちにも衝撃だっただろうが、セレンにとっても目眩のしそうな話だった。だって、それでは――神殿は被害を受けたのではなく、自ら神子をひとり、盗賊へと売り払ったことになる。警備を手薄にするのは神子ひとりでできることではないから、神官も絡んでいたはずだ。

そして。

(この人が……ダニエルが、僕の父親なんだ)

「アリア本人も、自分がなぜ誘拐されたかわかっていた。誰の差し金かも言い当てて、だから助かったわって笑ったんです。どうせ王宮に上がっても嫌がらせをされるだろうとうんざりしていたから、いっそ私も盗賊になりたいなんて言って。変わった娘だと思いましたが、話すうちに強がっている部分もあるとわかって、それがわかるころにはすっかりこっちが惚れていた。部下にはからかわれましたよ、なんだって殺しちまう男が神子には骨抜きかと」

「そんな話はいい」

長老のひとりがいらだたしげに遮り、エクエスとレイを振り返った。

「こんな悪人が王宮に出入りしているなど、由々しき事態ですぞ。早急に厳罰を下すべきです」

「まったくだ。どうやって入り込んだかも調査せねば」

エクエスは重々しく頷いたが、レイは「いや」と言った。

「たしかに神子を盗むのは大罪だが、その罪をあがなわせる前にやることがある。彼のおかげで、今回の誘拐は防ぐことができた。神子殿に出入りできたダニエルが、以前から異変に気づき、注意深く見守っていてくれたからだ」

「以前から?」

エクエスが訝しげにダニエルを見た。

「神子様たちには中庭で動物に触れあってもらうんですが、先週いた神子がいないな、ということが何度かあったんですよ。それとなく聞けば、だれだれ様のお屋敷に行ったとか言われる。もちろん、部屋にこもってなかなかおいでにならない神子様もいるから、こっちも全員の顔を覚えてるわけじゃない。気のせいかとも思ったんですが、あるとき神子様たちが話しているのを聞いたんです。庭に面した部屋で、誰も聞いてないと思ったんでしょうな。手助けしてくれる人がいるから、頼んで王宮から逃げるってね」

「――なんだと」

エクエスは立ち上がった。

「そんなことができるわけがない。神の庭ならいざしらず、ここでは我が母がすべての神子を管理している。名前は記録されているんだから、少なくとも役目を終えて帰るはずの年にいなくなっていれば露呈するはずだ」

怒りのためか肩を震わせるエクエスに、ダニエルは落ち着いて返した。

「それが露呈してないから、おかしいと思ったんですよ。逃げる手助けをする輩《やから》なんて、俺を含めて悪党だけですからね」

「……そんなはずは」

なにに思い当たったのか、エクエスの顔が青ざめていく。ダニエルがセレンを振り返って、セレンはどきりとした。

「男たちに連れられていく途中にでも、聞かなかったか？　彼らが『お局様』と言うのを」

「き——聞きました。たしか、今回はお局様がお急ぎだと」

答えてしまってから、そうだミリアのことだと思ったのだ、と思い出したが、もう遅かった。

ミリア様だ、と誰かが呻く。

「彼女なら、名簿くらいいくらでも書き換えられる。使用人にも適当に言い含めれば、神子が神子殿からいなくなっても、騒ぎ立てる者はいない。体調不良で暇願《いとまねが》いを出す神子だって、いないわけではないし……」

「俺が神子殿に行かないせいで、エクエスをはじめアルファが神子殿にあまり出入りしなかったせいもある。ひとりでも足しげく通って神子の顔ぶれを把握していれば、もっと早くに気づいたかもしれないからな」

レイは平然とした声でそう言い、エクエスがしぶい顔をした。

「ご自分にも非があると、今さらお認めになるんですか、兄上は」

「もっと早くにわかっていれば、せめて名簿くらいは確かめたかもな。神子殿にいる人数は五十一名。俺が探し出した名簿では、六十七名がいるはずだった。書類上は暇願いが受理されたことになっていた。……もちろん、できる人間は限られている」

ぐっとエクエスが息を呑み、セレンははらはらしながらレイを見守った。いつになく決然とした表情だ。

「誰、とはここでは言うまい。罪が確定したわけではないのだから。だが、他国でどうあろうと、この国では神子は王族にとって大切な存在。ひいては、国民にとっても宝であって、それを勝手に扱うことは許されない。正式に調査するように」

一同を眺め渡して言い放ったレイに、長老たちはいっせいに椅子をおりた。膝をつき、深々と礼を送る。続けてエクエスが、ほかの王族が、ダニエルが同じように膝をつき、セレンも慌てて倣った。長老や王族が膝をつくのは、王に対してのみ、特別なときだけだ。

認められたのだ。レイはこの瞬間――正式に、次の王として。

（レイ様……決めたんだ。王になるって）

そばにいられない以上、セレンにとってそれはせめてもの救いだった。

長老たちは次々に部屋を出ていき、やがて最後に、セレンとダニエル、そしてエクエスが残った。顔を上げてみると、エクエスはうなだれるようにして、レイの前でまだ跪いていた。レイは弟の頭を、穏やかになった瞳で見下ろしている。

「本当はこんなことになる前に、俺が姿を消そうと思っていた」

「……兄上」

「ミリアは俺を憎み、おまえを愛するあまりに、越えてはいけない一線を越えかねないとわかっていたからだ。たとえいっときでも俺が王になれば、取り返しのつかないことをしそうだから、一日も早く王宮を出るつもりだったんだが——誰かが神子を売り払っているかもしれないとダニエルに聞いて、せめてそれだけはやめさせてからにしようと考えた。……結局、こんなかたちになってしまったが」

「私は、少しも気づかなかった。たしかに使用人には横柄な振る舞いだとは思っていたが、まさか罪を犯しているなど——想像もしなかった」

苦く吐き出すエクエスはつらそうだった。レイはかがんでその顔に手をかけた。

「上を向け、エクエス。俺はおまえを咎める気はない」

「……だが、ミリアは私の母だ」

「気づかなかったのは俺の責任でもあると言っただろう。親の罪を子まで負わねばならないという法律はないし、俺にもそういう気持ちはない。エクエスに非があると思ったことは、今まで一度だってない」

「——しかし、ほかの王族や長老たちが、私を許すだろうか」

「許させるさ」

レイはかすかに笑って、自分の右目に触れてみせた。

「実をいうと、こっちの目はほとんど見えない」

「見えない？……っ、いつから、そんな、」

「十三のときに大熱を出したときからだな」

まったく気がつかなかったのだろう、動揺を隠せないエクスに、今度はやや楽しげに笑ったレイは、彼の肩を叩いた。

「昼間はどうにか見えるが、夜はだめだ。日の下で酷使すれば頭痛がする。そんな有様だから、王になるのもためらったんだ。これから先もおまえの助けが絶対に必要だ」

「し……しかし、補佐なら」

「ほかの者ではいやだ。ミリアに俺が嫌われているのはわかっているだろう。実の母のように慕った相手に憎まれるのは、正直悲しかった。だからその分、弟には愛されたい。――助けてはくれないか」

エクエスは苦いなにかを飲み込むような顔をして、それから気が抜けたように、くしゃりと顔を歪めた。

「兄上らしい言い方だ。……お供しますよ、生涯」

言い切るとすっきりしたように立ち上がり、服の裾を払う。母上の説得は私が、と言い置いて去っていき、ようやく、レイの視線がセレンに向いた。

澄みきって晴れやかな空のような瞳が、ひたりとセレンを見据える。

「セレンにも、もう一度考えてほしい。隣にいるダニエルが、おまえの父だ。ダニエルも、そして母であるアリアも、たしかに罪は犯しただろう。役割を投げ出して逃げようとしたことも、神子を盗むどころか売るのも罪だ。だが、恋をしたことは罪だろうか」

「……レイ、様」

「人を愛することは罪か？　どんな人間であれ……それが大罪を犯した者でも、他人を愛する資格がないわけじゃない。二人は本当に愛しあったから、ダニエルはその稼業をやめたんだ。もう一度アリアか、せめて子供に会いたいと願って、そのためだけに王宮にまで入り込んだ。それが生半可な愛情でできることだと、セレンは思うか？」

きゅっと胸の底がよじれる感覚がした。目が熱い。発情は終わったはずなのに、熱でもあるように頭が重かった。行き場のない感情がふくれあがって、身体中を満たしているかのように。

「いろいろわだかまりはあるだろう。おまえの受けてきた仕打ちを思えば、自分自身を愛せないのも仕方のないことだと思う。だが、もう十八年も、お互いに苦しんだんだ。自分の父も、自分のことも、愛してやることはできないか？」

「レイ様……」

これ以上ないほど優しい言葉だ、とセレンは思った。説明をしろ、と王宮に連れ戻されたけれど、本当はこうやって、ダニエルと父子《おやこ》として会わせるためだったのだろう。

横に立つダニエルをふり仰ぐ。焼けた肌色と灰色がかった瞳の色は、言われてみるとリザニアールの人間とは少し違っている。どこか困ったような表情を浮かべたダニエルは、ぎこちなく腕を広げた。

「最初に見たときから、アリアに似ていると思ったんだ。神子じゃないとは言っていたが、これだけ似ているからきっとそうだと……見るたびに確信が強まって、でも言い出せなかった。恨まれていて当然だから」

「……ダニエルさん」

「ひとりにしてすまなかった」

ためらいがちに抱き寄せられて、セレンは広い胸に頬を預けた。恨む気持ちはあるはずもなかった。処刑されたことになっている彼がイリュシアに近づけないのは当たり前だし、たとえ入り込めたとしても、ひっそりと下働きをしていたまだ子供のセレンに気づくのは難しかっただろう。あるのはただ——。

「会えて、嬉しいです」

たくましいがっしりとした腕は強く自分を抱きしめていて、胸からは速い鼓動が伝わってくる。

「俺もだよ。きみだけでも、会えてよかった。……生き延びてくれてありがとう」

ダニエルの身体はほんの少し震えていた。立派な男の人なのに、震えたりするのだ。そう思うと、こみ上げてくるものが抑えられなかった。

溢れるように眦《まなじり》が熱く濡れて、いたんだ、と思う。

自分を愛してくれる人が、生まれてくることを望んだ人が、ちゃんと存在していた。会いたいと願ってくれる人が。

それは、世界をすべて塗り替えるだけの、眩しい幸福だった。

着慣れない真っ白な神子服に袖を通したセレンに、ヨシュアは感激したように両手をあわせた。

「うん、すっごく似合ってるよ！」

「ありがとう。……でも、なんだか緊張する」

なめらかな絹でできた服は肌をすべるようだし、施された刺繍は金糸で驚くくらい細かい。神子たちが着ているのを見ていたときは当然そういうものだと思っていたけれど、いざ自分が着るとなると恐れ多かった。

ヨシュアはにこにこと笑う。

「わかる。やっとだもんね、正式に神子になれたの。あれからもう三か月だもの」

ぽすんと寝台に座ったヨシュアは感慨深げに天井を仰ぐ。

「なんだかいろいろあって、すっごく長かった気がする」

「そうだね。あっという間だった気もするけど、長かった気もして、不思議」

セレンもヨシュアの隣に腰を下ろした。新しく与えられた神子殿の部屋は、前より倍も広くて、天井ももちろん美しい。白を基調に、淡い水色と金色とで彩られている。模様は神聖な数にちなんで、十六角形をつらねた幾何学模様だ。

「僕、神様ってなんて意地悪なんだろうって思ってたんだよ。僕はどうして神子なのにナイードと出会ったんだろうとか、セレンばっかり不幸でつらい目にあうなんて不公平だとか」

「僕は、そんなに不幸じゃないと思うけど」

「客観的にみて不幸だったたってば。テアーズ神官長もだけど、ほかの使用人や神官だって冷たかったでしょ。それがセレンのお母さんたちのせいだったなんて、すっごくびっくりしたし、僕、お母さんも可哀想で泣いたもの。僕だってもしかしたら、彼女と同じ運命を辿ったかもしれないんだから」

そう言って、ヨシュアは深いため息をついた。

「……でも、どれも神様のせいじゃなかったんだよね。みんな、人間の……神子や神官のせいなんだ」

「……うん」

あれから調べが進められて、いろいろなことがわかった。

セレンの母親を誘拐するように依頼した首謀者がミリアだったこと。すでにエクエスを産んでいた彼女は、これから来る神子に王がなるべく手をつけないよう、めぼしい神子は消してしまおうと企《たくら》んでいたのだという。王位の第一継承権こそレイにとられてしまったとはいえ、ほかに競争相手を作りたくなかったのだろう。アリアはそんな身勝手な欲の犠牲になってさらわれたのだった。

セレンとしては、もはやミリアに対して憎む感情も恨む気持ちもなかった。彼女の策略がなければ、父と母は出会わなかった。そう考えれば、いっそ感謝したい気さえする。

ミリアはアリアの一件のあと、神の庭に手を出さなくなったかわりに、王宮の神子殿で、目障りになりそうな神子を排除しはじめた。八年ほど前からだ。

テアーズ神官長はその異変に気がつきつつあったが、彼は彼でミリアへの対抗心を抱いていた。彼が神子として王宮入りしたのは、ミリアと同じ年だったらしい。孕《はら》むことなく神子としての人生を終えた彼は一度神の庭も出て、子供をひとりもうけた。それがサヴァンだ。

子供のいる者は神官にはなれない。正確には、子供がいるだけなら神官として勤められるが、自らの子が神子であるときに、神殿にとどまることはできないのだ。自分の子を次の王の母親にしようと企む者をうまないためなのだが、テアーズはひそかにイリュシアの外で相手にサヴァンを育てさせ、そのあいだに神官長にまで登りつめた。

そうして願いどおりサヴァンは神子になり、自分が果たせなかった「王族の子を産む」役を果たさせようと考えていたのだった。サヴァンには王宮の神子殿での不審な動きについて伝え、それがミリアの仕業だろうということも、彼女に取り入ることも指示していた。

テアーズは、ミリアが蹴落としたアリアの子であるセレンのことも、いずれミリアを脅す材料に使える、と思っていたらしい。神子にはならなかったので目論見《もくろみ》は外れたが、レイに気に入られて王宮に行くことになったときに、ミリアに対する材料としてうまく使えと、これもサヴァンに指示していたらしい。

サヴァンのライバルになりそうだからと、ヨシュアとナイードが出会うように仕向けたのもテアーズだった。誰かと恋に落ちるまで、故意に自由にふるまわせていたらしく、セレンもヨシュアも感心してしまった。テアーズは自ら手は下さない限り、直接手を汚す以外のことはなんでもやる人間だったのだ。その執念のおかげか、途中までは彼の思い通りに運んだのだからすごい。

一方サヴァンは、父の言いなりになるだけでは満足しなかった。いずれ王宮でも権力を握りたいと思っている父を軽蔑し、自分こそが次のミリア妃の立場になるのだと、言われないことも積極的に動いた。その結果、決定的な証拠として、セレンを連れ出す男たちをダニエルに目撃されてしまったわけだ。

ミリアはもとの住まいを追われ、王宮の敷地の端の塔に軟禁され、長老たちの裁きを待っている。サヴァンはエクエスが温情をかけるかたちで、罰を受けたのち、神の庭に返されることになった。テアーズに関しては具体的に問える罪がなく、厳重注意だけで終わったらしい。

ダニエルは功労を買われ、二十年前の罪は不問になり、そのまま動物係として勤めている。予想だにしなかったのだが、イリュシアの鐘の塔で働くジョウアは、もともとダニエルの手下だったのだそうだ。ダニエルが処刑されたという噂を信じた彼は、セレンの存在に気づき、せめてお頭のかわりに見守ろうと神の庭に入り込んだのだった。

やはり自分は十分幸せだったとセレンは思う。そうと知ることができなくても、ひそかに自分を愛してくれる人がいたのだから。

「終わってみたら、悪いことをした人以外はみんな幸せになれるんだもの、神様って優しいんだよね、やっぱり」

抑えきれないように幸せいっぱいの笑みをこぼして、ヨシュアはセレンを見つめてくる。

「セレンが、レイ様とつがいになれてよかった」

「——ヨシュアも、明日ナイードと会えるんだもんね」

セレンも微笑み返した。

明日、ナイードが迎えに来たら、ヨシュアは彼と二人、王都で暮らすことになる。

「うん。それもレイ様のおかげだよね。あんな布令が出されるなんて……僕、レイ様ってすごく素敵な王様になると思うな」

ヨシュア以外にも、何人かの神子は王宮を出ることになっていた。レイが、そうしていい、という命令を出したからだ。

レイは王として初めての布令で、神子が成人したら必ず王宮に入る仕組みを廃止すると宣言したのだった。オメガ性が判明すれば今までどおり神の庭に集められ、教育を受けるが、王宮に入ってももちろんいいし、いやならばほかの道を選んでもいい。発情期がある彼らには危険が及ぶ可能性もあるため、住まいは特別に国から与えられる。そこに住まない場合でも、神子としての機能が失われるまでは居場所は明らかにしなければならないが、それでも、「神子が選べる」というのは画期的なことだった。

「セレンと離れ離れは寂しいけど、でも、たまには会えるもんね」

ヨシュアはこてんともたれてくる。セレンは彼の横顔を、感慨深い思いで見つめた。

「終わってみたらってヨシュアは言ったけど……明日からは、またはじまるね。新しい生活が」

「そうだね。どきどきするけど、きっと大丈夫だよ。僕、ナイードと暮らしても、お祈りだけは続けようと思うの。神様にたくさん感謝したいし、神子として、それくらいはすべきだと思って」

「僕も、ちゃんとお祈りの作法を覚えないと」

「もう覚えてるじゃない。それより、もっと頑張ることがあると思うな」

瞳をいたずらっぽく輝かせ、ヨシュアはセレンに意味深な流し目をしてくる。

「今夜は久しぶりにレイ様と過ごすんでしょ。セレンはやーっと気持ちに正直になれたんだもの、これからは、ね？」

「ね、ってなに？」

「いっぱい愛してもらうのを頑張らないとね、ってこと」

「そ……そういうのは、頑張ることじゃないと思う」

完全にからかう口調のヨシュアの言い方が恥ずかしくて、セレンは赤くなった。ただでさえ緊張しているのだ。今日は王族をもてなす神子の服を着て、レイの部屋で待っていなければならない。ヨシュアたちが着ているのを見たことがあるが、あの色っぽい服を自分が着てレイの前に立つことを思うと、気が遠くなりそうだった。

そこへ、衝立の外から声がかかる。

「セレン様。そろそろお支度を。まずは湯浴みをお願いします」

「は――、はい」

ほらほら、と言うように肘でつついてくるヨシュアをちょっと睨み、セレンはどきどきしながら立ち上がった。

あと数時間。逃げ出したいほど緊張しているのも本当だけれど、数時間経てばレイに会えるのは嬉しかった。多忙を極めたレイとは、しばらく会えていないのだ。会えても昼や朝のほんのひとときだけで、二人きりで夜を過ごせるのは、初めて発情した夜以来だった。

じんと下腹の中がうるんだ気がして、セレンはそっとそこを押さえながら、使用人が待つ廊下へと出た。

今夜――レイは、どんなふうに触れてくれるだろう。

きっと疲れているだろうから、部屋のランプの数は普段より少なくしてもらい、お茶の用意を整えて、セレンはレイを待っていた。

いくらも待たずに戻ってきたレイは、盛装のセレンにどきりとしたように足をとめ、それから歩み寄ってきた。

「びっくりした。着飾ってきてくれたのか」

「神子としては初めてお会いするから、この格好でないとって言われて……着慣れなくて、すみません」

生地が薄く、身体が透けているのが恥ずかしい。おなかは丸出しで隠すこともできないから、セレンは精いっぱい気にしていないそぶりでお茶をそそいだ。

「お疲れですよね。どうぞ」

「ああ、セレンが淹れてくれるお茶も久しぶりだな」

長椅子に腰を下ろしたレイは嬉しげに杯を受け取る。同じお茶を出してもらえるよう頼んであるから、会わないあいだも飲んでいたはずなのに、とセレンはくすぐったく首をすくめた。

レイは隣に来るよう促して、そっと座ると腰を引き寄せた。

「あの、ヨシュアが、お礼を言ってました。明日恋人が迎えに来ることになっているので……緊張もするけど楽しみにしてるみたいでした」

「それはよかった」

「でも、あんな命令……反対されたんじゃないですか？　神子を自由にしてしまうなんて、国の存続にかかわるかもしれないのに」

「文句を言う人間はいたが、言ってやったんだ」

お茶を飲みながら、レイはセレンのまだ短い髪をいじる。

「神は王たちに神子と愛を交わせとお告げになったが、それは神子が必ず王の相手をつとめなければならないという意味ではないはずだ、とな。神子が自分の意思で王族と選んで愛しあってくれるかどうかがこの国の王たる資格という意味でなければ、わざわざ『愛を交わせ』とは言わないだろう？　神子に愛されるにふさわしい人間たれ、という意味なら、神子を自由にしていなければ意味がない。そう言ったら、みんな黙ったぞ」

得意げに笑ってみせるレイは眩しかった。それでもまだ文句を言いたい人だってきっといたはずだ。でも、レイに言われたら黙るしかなかったのだろう。反論すれば、自分は神子に愛される資格がない、と言うに等しい。

「レイ様らしい考えかたですよね」

「そうか？　これでも、内心はどきどきしてるぞ。あんな大口を叩いて、おまえに愛されなければかたなしだ」

お茶を飲み干して杯を置いたレイは、向きあってセレンの顔を手で挟む。決して視線を逸らせないように固定され、セレンは小さく震えた。意志の強い瞳が自分を見据えている。

「セレン。俺はおまえが愛《いと》おしい。この世の誰よりおまえがほしいんだ。王であれば俺でもいい、と慕ってくれる神子はほかにもいるだろうが、セレンに愛してほしいと思っている。だが……おまえには約束をした。いつか望むものを見せてやると言ったから、セレンが俺のそばにいて王宮にとどまるのがいやなら、それでもかまわない」

「――レイ様」

「命令はしない。嘘も、忠誠心もいらない。ひとりの神子として……人間として、おまえは俺を選んでくれるか？」

まっすぐで誠実な声音だった。ああ、とセレンはため息をこぼす。

この人は、大切なこの瞬間に、決断をセレンに委ねようとしているのだ。

凛として高潔な王に、自分がふさわしいとはまだ思えない。けれど。

「僕は、レイ様と一緒に、葡萄畑が綺麗に、大きくなっていくのを見たいです。来年も、再来年も……できたら樹《き》を植えたり、収穫するのをお手伝いしたりして、みんながレイ様に手を振るのを、隣で見たいんです」

レイは意外な答えを聞いたように眉を寄せた。セレンは胸に痛みを覚えながら微笑んだ。なぜだろう。悲しくないのに、泣きたいみたいな気持ちがする。

「レイ様を見るのが好きだけれど、レイ様が見ているものを見るのも好きなので、きっとレイ様と、レイ様の見るものを両方見て——ご一緒できたら、どんなに胸が震えるだろうって。……夢は、それではいけませんか？」

「いいや。もちろん、いけなくなんてない」

強く、レイが抱き寄せた。

「セレンは欲がないな。——ありがとう」

髪を乱すようにしっかりと頭を掴み、何度も頬をすり寄せてくる。セレンはためらいながらも、レイの背中に手を回した。

「セレンに断られたら、一生誰のことも愛さないつもりだった」

「でしたら、先にそう言ってくだされればよかったのに」

「言ったら、いくらちゃんと望みを言えと言っても、セレンは黙ってしまうだろう？」

抱きしめても抱きしめ足りないようにセレンの身体を撫で、レイは鼻をあわせるようにしてセレンの目を見つめた。きらきらと輝いて見える瞳は寝台で眼差しを向けられるときと同じだ、と気づいたときには、唇が重ねられていた。

「……ん、……っ」

やわらかくあわせたかと思うとすぐに離れ、次は強く吸いついてくる。舌がちろちろと唇の内側をくすぐり、セレンは吐息とともに口をひらいた。待ちかねていたようにすべり込んだ舌は歯列を辿り、舌同士でこすりあって上顎まで愛撫する。口の端が濡れ、小さく声を漏らすと、レイの手が胸にあてがわれた。

刺繍を施した薄い布の上から乳首を探り当てられ、きゅっとつままれる。じんとした疼痛《とうつう》とともにえも言われぬもどかしさが腹に響いて、セレンは震えた。

「っ、ん、ふ……っ、ぅ、んっ」

口づけはやまない。レイはセレンの舌を優しく吸い、両手を使ってくりくりと乳首を転がしてくる。捏ね回されると皮膚がひきつれる感じがして、それが余計に快感を生む。ぼうっと熱がわだかまり、半分まぶたを落としてしまいながら、セレンは腰を浮かせた。脚のあいだの性器はもう、痛いくらい張りつめている。

「レイ、さま……っ、あの、……歩けなく、なるので……もう寝台に」

長椅子でこのまま愛撫され続けたら、絶対に力が抜けてしまう。そう訴えると、レイはからかうように唇を噛んだ。

「歩けなくても問題はあるまい。俺が抱いて運ぶ」

「でも、僕、きっと重くなって……っ、んむ、んっ」

「ああ、少し肉づきがよくなったな。まだ華奢だが、胸も触りやすくなった」

「――っ、あ、……ぁッ」

大きく広げられた指が胸を揉むように掴んで、ずきんと刺激が走った。痛みというよりは快感に近く、続けて乳首を弾かれ、セレンは背をしならせた。長く垂れた衣を持ち上げた花芯からたっぷり精が溢れ、茎をつたって落ちていく。

「いったな」

衣の上から花芯に触れられ、びくんと身体が跳ねてしまう。達したばかりで敏感なそこが、濡れた布でこすれている。口づけされ、胸を愛されただけで出てしまったのだ。

「すみません……こんな、……っあ、ぁっ、だめです、い、いじらないでっ」

こすられるとまた出てしまいそうだ。気づけば全身が熱く、肌は汗ばんで上気していた。レイは微笑して、首筋に顔を埋めてくる。

「髪も肌も、なめらかで手触りがよくなった。いい香りだ——」

深く息を吸い込みかけたレイが、ふと動きをとめた。セレンの耳の裏のくぼみに鼻先を押しつけ、においを嗅いだかと思うと舌を這わせる。

「あっ、そこはっ、あ、……ぁっ」

「セレン——おまえ、また発情しているな？　どんどん甘い香りが強くなってきた」

「そんな……だって、三か月前に、来たばっかり、……っぁ、あッ」

くちゅりとレイの舌が耳に入り込み、セレンはぞくぞくとした快感に身悶えた。小刻みに震えてしまうほど身体が熱い。特に腹の奥、レイを受け入れる場所よりさらに深い部分に、焼けつきそうな感覚があった。一度萎えたはずの花芯は再び勃ち上がり、すぼまりは粘つくように濡れてくる。意識するとどろりとうるみを増し、染み出して尻を汚すのがわかる。

「つぁ、……あ、あ、出て、……っ中から、出ちゃうっ」

「後ろか？　ならばやはり発情だな。多い者なら年に四度くらい来るのだから、なにもおかしくはない」

レイはひどく機嫌よくセレンの首筋に口づけ、強く吸い上げた。ちりちりした痛みさえ快感で、セレンは蜜をしたたらせながら腰をくねらせた。

「前は、……こんなふうには、ならなかったのに……っ」

「二度目だ。身体が発情に慣れて、しっかり反応するようになったんだろう。──嬉しいものだな。口づけを交わしたら発情してくれるなど」

肌に残した赤い跡を満足げに撫で、レイはセレンを抱き上げた。セレンは息を弾ませてレイを見上げる。

「……嬉しい、ですか？」

「当然だろう。発情してもらえれば、おまえの身体に負担をかけずに、たっぷりと気持ちよくして抱いてやれる」

広い寝台にセレンを横たえたレイは、待ちきれないように服を剥ぎ取った。つきつきするほど尖った乳首も、濡れて勃った性器もむき出しにされ、両手は顔の脇に力なくひろげた格好で、セレンはレイが服を脱いでいくのを見守った。

抱きしめられたことは何度もあるから想像はついていたが、裸になったレイはどこもたくましかった。隆々と主張する筋肉ではないが、均整のとれた身体つきで、しなやかに鍛えられている。その美しい裸身が自分の上に覆いかぶさってくると、肌と肌が触れあった。

「……ぁ、……、あ……っ」

触れた肌のなめらかさや熱、重みだけで目眩がした。今まで覚えたことのない充足感が満ちて、自然と膝が立ってひらき、迎え入れるようにレイの腰を挟み込む。レイは両手をセレンの尻に回し、左右にひらくようにしてすぼまりに触れた。

「ッ、ア、あっ」

「すばらしいな。発情した神子はこんなに濡れるのか」

レイの指はなんの抵抗もなく入ってくる。ぐにゅりと襞をかきわけられ、痺れる快感に腰が勝手に動いてしまう。本能の、ごまかしのきかない素直な反応にレイは目を細めた。

「もともと反応がいいとは思っていたが……今日はいちだんと可愛らしいな。俺の指が気持ちいいか？」

「い……っ、い、です……っ、ァ、あっ、んッ」

くつろげられ、細かい皺を伸ばすように丹念にいじられるのが、気持ちよくないわけがない。まして、今までになくぐしゅぐしゅに濡れたそこは敏感になって、奥まで入れられても呻きたいほどの快感を伝えてくる。

「は、……ぁっ、んっ、……っは……ぅっ」

「奥に行くほどとろとろだ。わかるか？　ここ……蜜が溜《た》まっているだろう？」

じゅく、じゅく、と音をさせてレイがかき回す。多すぎる蜜はいじられるそばからすぼまりから溢れて尻の割れ目をつたい、シーツを濡らしてしまう。恥ずかしさと気持ちよさとで、セレンは声を震わせた。

「あんまり……言わないでください……っ、はずかし、いっ、ぁっ、ああっ」

「恥ずかしくないだろう。こんなに熟れて漏らしているのも、俺とつながるためなんだぞ？これまで褒めてやれなかったからな。今日からはたくさん言ってやる」

レイは耳の中に舌を差し込んだ。小刻みに動かして舐められ、ひん、と小さく悲鳴が漏れた。

「舐め、たら……っあ、あ……っ」

「セレンは耳が弱点だからな。可愛がると尻の中もきゅんと締まるんだ。素直でいい」

耳から口づけの跡を刻んだ首筋へ、鎖骨へと舌を這わせ、レイは尖った乳首に視線をそそぐ。見られるだけでじくりと快感を覚えたそこを口に含まれれば、ひとたまりもなかった。

「……っぁ、は、……ぁッ、……ふ、ぁっ」

舐めすすられると乳首からも蜜が染み出す錯覚がして、くんと尻が浮いた。つきぬける快感はたしかに絶頂のそれで、けれど花芯からは透明な汁が糸を引くだけだった。達したのに、はぐらかされたかのように腹が疼く。皮膚の一枚内側を強い日差しで焼かれたような、落ち着かない、焦りにも似た心地。

「胸はすぐにいってしまうな。舐め甲斐があっていい。こんなに小さいのに、一生懸命膨らむのも可愛いぞ」

満足そうにレイは息を乳首に吹きかけて、セレンはひくひくと震えながらレイを見つめた。

「も、やです……っ、レイ、さま……っ」

「どれがいやなんだ？　好きだろう、舐められるの」

「っ、舐めるより……レイ様、と」

湯気が出ないのが不思議なほど、どこもかしこも熱い。目は自分でわかるほどうるみ、唇はひらいて閉じられない。勃起《ぼっき》し、乳首を硬くして、尻はべたべたに濡らして、どうしようもないほど感じているセレンに比べて、レイは余裕ありげだった。目だけは燃えるように輝いていて、セレンはじっと見ながら声を押し出した。

「レイ様と……つがいたい、です」

無意識のうちに体内がうねり、レイの指を締めつけた。レイはぐっと眉根を寄せ、耐えるように唇を引き結んだかと思うと、挿し入れていた指を抜いた。

「入れる前ならまだ我慢もできる。だが一度つがえば、なかなか離してはやれないぞ。発情した神子が相手だと、アルファも欲に際限がなくなる。何度もして、昼でもおまえが発情すれば抱いて……明日も、明後日もつがうんだ。孕むかもしれない」

「はら、む」

「今頷いたら、もう戻れないからな」

セレンの膝裏を掴み、大きく割りひろげてすぼまりが上を向くほど胸のほうへ曲げさせながら、レイはそんなことを言う。セレンはふっと心がゆるんで、笑みを浮かべた。

「さきほど、夢をお伝えしました……。もう戻るだなんて、考えられません。ほしい、んです」

はしたない真似だとわかりながら、自ら指をすぼまりに這わせる。濡れてほころんだそこをひらいて見せる。

「レイ様に、……愛して、いただきたいから」

「セレン」

語尾を奪うように名前を呼んで、レイは己をあてがった。きっちり反り返った太いものが、濡れた股間に押しつけられ、すぼまりに狙いを定めて切り込んでくる。

「ふ……っぁ、……く、ぅ、んッ」

久しぶりだからか、痛みもなく入り込んでくるのに、レイのものは大きく圧迫感を感じた。むっちりと張りつめて重い雄蕊《ゆうずい》が、セレンの中に沈んでくる。ずん、と奥まで刺さると、圧倒的な存在感に手足が震えた。

「レ、イさま……っ、ぁ、……んッ、……く……っ」

「いつもより締めつけがきついな。痛まないか？」

おさめたものをさらに押しつけながら、それでもレイは優しく聞いてくれた。快感か痛みか、耐えるように眉を寄せた表情が色っぽく、セレンは深いため息をついた。

「しあわせ、です……」

じわり、と奥が溶けていくようだ。青かった果実が熟すように、レイを受け入れた最奥《さいおう》がとろみを増し、変形し、ぐずぐずと崩れていく。

「つ、吸い込まれそうだ。きついのに……やわらかい」

かすれた声でレイは呻き、耐えかねたように腰を使った。ぐしゅっと潰れる感触があって、つま先まで痺れが貫く。

「ッ、ア、……ひ、……んっ、ぁッ、ああッ」

「素晴らしい。奥の奥まで迎えてくれるのだな。おまえの、孕む場所だ」

ぬぽっ、と狭い場所からレイの雄が抜け、即座にまた突き入れられる。激しい快感に、脳裏にちかちかと星が舞った。

「ア、ッあ、……つぅ、くっ、……ぁ、あッ」

怖いほど深々と挿入され、ずしゅずしゅと水音をさせながら出し入れされると、頭の中まで痺れるようだ。気が遠くなり、セレンはつま先をつっぱらせて達した。きゅんとつぼまる蜜壺を、レイはなおもかき乱す。

「セレン……セレン」

浅くなった呼吸のあいまに、レイはくるおしく名前を呼んだ。手を掴まれ、祈るときのように指を絡めあわせて握り込み、セレンを見下ろす。

「おまえがいてくれてよかった」

ずきりと割れるような痛みが心臓を襲った。つがう行為の最中にもかかわらず、レイの表情は清浄にさえ感じられ、声は水のように染み渡る。

「おまえとこうしてつがえて、俺は嬉しい。わかるか。——愛しているんだ」

「……僕も、——レイ様、」

渦を巻く激しい昂《たかぶ》りが肉体の快楽のせいか、感情のせいなのか、もうわからなかった。

「あいしてます、レイさま」

泣きそうに声が震えて、つたない声で喘ぎ、レイの手を握り返す。持ち上げて一度口づけたレイは、愛しむように胸に触れ、下腹部をひときわ丹念に撫でると、しっかり腕を掴み直した。そうして狙いを定めて、強く突き入れる。

「——ッ、あぁっ、は、ぁッ、ぁ……ッ！」

意識までぶれるほど激しく穿たれ、腹の奥がびしゃりと弾けたような錯覚がした。花芯はとろりと半透明の汁をこぼし、半分萎えたまま律動にあわせて揺れる。いく、と自覚するより早

く達し、セレンの下腹は小さく波打った。

「いくと中まで痙攣するんだな。気持ちいいか」

「……っ、は……っぃ、いいっ、です……っん、ぁあっ」

「またいってる。ゆるんで、締まって……尻まで震えて」

指摘されるそばからぐちゅりと抉られて極め、気が遠くなった。音さえ消えるほどの長く強烈な絶頂感は、けれど薄まるのを待つことなく穿たれて、知らない快感を生んだ。鷹か、風そのものになったかのように、高く高く舞い上がり、眩しい空の彼方へと吸い寄せられていく。太陽にさえ届きそうなほど昇りつめ、そこで感覚が飛び散った。

「——————ッ！」

きつく反り返って自ら限界までレイのものを咥え込み、セレンはがくがくと震えた。そこだけくっきりと感じ取れる腹の内側に、たしかなレイの存在を感じる。それはなおも行き来して、やがて蜜の中に浸かるようにして精を放った。脈打ち、幾度も噴き出してはセレンの体液とまじりあい、空洞を満たしていく。

まるで空虚で寂しかった部分を慰撫されているようで、セレンはよく見えない目をまばたいた。レイは最後の一滴まで放ち終え、深い息をついて身体を重ねる。事後の余韻と尾を引く欲をわけあうように口づけられて、セレンは首筋に腕を回した。

まだつながっていられるのが嬉しい。太い楔《くさび》を打ち込まれただけでなく、体内にはもうレイの精がたくさん溜められている。レイからの贈り物。レイの愛情の証であり、想いそのものをそそがれたから、こんなにも充足しているのだ。明日になってもそれが決して流れ出ていかないことが本能でわかって、たまらなく幸福だった。

ひとりじゃない、と噛みしめる。たった一夜の思い出を抱きしめなくてもよくて、人を愛せないと戒めることも、自分を愛せないことももう忘れていいのだ。

セレンはレイのつがいになったのだから。

エピローグ

豊かな秋が過ぎ、短い冬が終わると、リザニアールは雨季を迎える。水の月と呼ばれるひと月のあいだは、毎日のように雨が降るのだ。あたたかくおだやかな雨が降る中、セレンは届けられたばかりの手紙を握って、廊下を急いでいた。

「レイ様！」

昼間レイが仕事をしている部屋へと飛び込むと、幸いなことに彼はひとりだった。どうした、とすぐ立ち上がる王のもとへ、セレンは駆け寄った。

「ヨシュアから手紙が来たんです。僕とレイ様宛だから、一緒に読みたくて。開けてもいいですか？」

「ああ、もちろん」

セレンを抱き寄せたレイは椅子に座ると膝の上にセレンを乗せる。普段は恥ずかしい体勢だが、手紙に気を取られたセレンは意識することなくレイにもたれて封を切った。

「ええと、『レイ様、セレン様。水の月になりましたね。来月になったら、僕とナイードは一度、神の庭まで届け物に行くことになりました。レイ様に頼まれた、たくさんの書物を神の庭に届ける隊に同行できることになったんだ。セレンは知ってた？』――知らなかった」

びっくりして振り返れば、レイは得意そうに笑った。

「ヨシュアの両親が、幸せにしている息子夫婦を見たいだろうからな。人数が多ければ危険も減るから、一緒に行くようにと言ったんだ」

「教えてくださってもよかったのに」

「セレンのびっくりした顔を見るのが楽しくて。ヨシュアなら必ず手紙をくれるだろうと思ったから、黙っていた」

レイはくすくすと笑っている。ときどき、こういう子供っぽいいたずらをするのが彼は好きなのだ。

（レイ様が楽しいならいいけど）

気を取り直して手紙に目を落とす。

「『来月は、神の庭ではアーモンドの花が咲く頃です。久しぶりに行けるのが楽しみです。ジョウアにも会って、ちゃんとセレンの近況を伝えてくるね。落ち着いたらセレンとも一緒に行きたいけれど……その前にまた、王都の僕たちの家に遊びに来てください。もうひと月も会っていないから会いたいです。セレンが実は僕に隠し事をしているんじゃないかって気になって、あんまり何度も言うからナイードに笑われてしまいました。無理はしなくていいけれど、レイ様と二人で来てもらえたらとても嬉しいです。街の人もきっと喜ぶよ。最近では、レイ様はすっかり「青の王」と呼ばれているんですよ。特別な王様が統治してくださるから、リザニアールはもっといい国になるって、年明けの瞬間はそれはもう、たいへんなお祭り騒ぎでした。もちろん、セレンもとっても綺麗だって評判だから心配しないで。会って、たくさん話せるのを楽しみにしています。あなたの友、ヨシュアより』」

文字を教えてもらったおかげで苦労せずに読めた手紙から、視線をレイへと移す。

「青の王、ってレイ様にぴったりですよね」

「俺はもっと嬉しい噂をダニエルから聞いた」

レイは鼻先を近づけ、そっと額を押しつけてくる。

「巷《ちまた》では、俺とセレンは運命のつがいだ、と言われているらしいぞ。愛しあう宿命のもとに生まれた神子は出会うまで発情も知らず、王は味方を持たずに孤独だった。その出会いこそが、神が言った『愛しあうことでのみ、平和と豊穣がもたらされる』という言葉の象徴だと」

「……そんなふうに考えたことなかったです」

レイと出会えたことは幸運だから、人々が驚いて噂したくなる気持ちもわかる。けれど、なんだか自分が特別な存在みたいで気恥ずかしかった。立場も境遇もすっかり変わったけれど、顔や姿が変わったわけではないから、実際に見たらみんな落胆してしまいそうだ。

「街に遊びに行くのは楽しみですけど、がっかりされないか心配です」

「誰もがっかりなんかしないさ。それどころか、歓喜の声で耳鳴りがすると思うぞ」

レイは愛しげに目を細め、セレンの下腹部に手を当てた。

「ここに尊い命が宿ったと知らせれば、国中が祭りだ」

「……ヨシュアはすごいですよね。まだ誰にも言っていないのに」

セレンはレイの手の上に自分の手を重ねた。まだ実感はないけれど、ほんのりぬくもりをおびた気がするその奥には、レイの精を受けて実を結んだ命が宿っている。つい一週間前にわかったばかりで、おりを見て公表すると言いながら、レイは毎日上機嫌だった。

「アルファは子をなしにくいというのに、一回の発情で授かるとは……セレンは本当に、神のくださった宝だな」

「僕にとっては、レイ様が宝物ですよ」

浮かれて笑顔の絶えないレイはなんとなく可愛い。こんなに歓迎してもらえるとは思っていなかったから、セレンの喜びもひとしおだった。愛されているのだ、と言葉よりも雄弁に感じられて、こうして見つめあうだけでとろけそうな心地になる。

そうっと首筋に手をまわせば、静かな口づけが返ってくる。一度ずつついばみあい、セレンは囁いた。

「二人で遊びに行って、ヨシュアとナイードに伝えるの、楽しみです。きっと祝福してもらえますよね」

「賭けてもいいが、二人とも感激して泣くぞ」

「そうでしょうか……。レイ様は、お伝えしても泣きませんでしたよね」

「俺は生まれてきたら泣くと決めてる。——だから、くれぐれも大事にしてくれ。セレンも、子供も無事でいてくれなければ困る」

真剣な顔で諭すように言って、レイはもう一度唇を重ねた。

「愛しているから、忘れるなよ」

「……はい、レイ様」

飽きることなく伝えてくれる心が嬉しい。臆病だったセレンを覚えているから心配なのだとレイは言うが、もう二度と、自分さえ愛せない寂しさにとらわれることはないと、セレンは知っていた。

出会うはずもなかった二人が結ばれて祝福さえ受けるなら、それはきっと神様の贈り物で――人々の言うとおり、運命なのだ、と思うから。

あとがき

カクテルキス文庫さんでは初めましてになります、葵居《あおい》と申します。どうぞよろしくお願いいたします。あとがきでは設定やキャラクターのことなど書いてみたいと思いますので、オメガバースという世界観を初めて知ったころから、一度書いてみたいと思っていた設定にしてみました。アルファが優秀、オメガは男女とも妊娠可能で発情期がある、というオメガバースの基本の設定を、神話のような枠組みに入れてみたら……というお話になっています。

神秘的な存在として保護され、大事にされているオメガ。

王の素質を持ち、オメガとつがうことで子孫を残せるアルファ。

神様からのお告げを元にした役割分担がなされているのは、砂漠の中の国です。

そんな世界で恋をするのは、第一王子のレイ・バシレウスと、神子（オメガ）のそばで下働きとして生きてきた、出生の秘密を持つセレン。

圧倒的な身分差のある二人のはじまりは、レイの思惑による一方的な命令ですが……最後まで読んだときに、「こうなるんだ！」とときめいていただける展開にしてみたつもりです♪

一見俺様だけれど苦悩を抱えて誠実な面もある攻のレイも、健気でひたむきなセレンも書くのが楽しかったです。個人的には、セレンに惚れてからのレイが面白くて気に入っています。一生懸命桃をすすめたり、好かれてないと落ち込みつつ髪の毛を編ませたり……童貞ではないけど恋をするのは初めてなので(笑) あたたかい目で見ていただけたら嬉しいです。

乾いた風や熱気、南国の花や果物の香り、美しい空と美しい模様、そして神秘的な青を思い浮かべつつ、二人の運命の恋にうっとりしていただけたら、こんなに幸せなことはありません。

好きな要素を組み合わせた本作ですが、今回、イラストは繊細で美しい絵を描かれる笹原《ささはら》亜《あ》美《み》先生にお願いすることができました。青が印象的なカバーのすばらしさはもちろん、モノクロのイラストの色っぽさもため息が出ます。なにより、レイが本当にかっこよくて、セレンが見た目から清楚で！　ラフや完成版を拝見するたびうっとりしていました。

笹原先生、素敵なイラストで拙著を彩っていただき、本当にありがとうございました。

担当様、校正者様、書店様、制作等ご関係者様、そしてここまでおつきあいくださった読者の皆様にも、心からお礼申し上げます。

ブログではおまけSSを公開いたしますので、そちらもどうぞ読んでやってくださいませ。

http://aoiyuyu.jugem.jp

どこか一か所でも気に入っていただけていることを祈りつつ、また次の本でもお目にかかれれば幸いです。

二〇二〇年八月　葵居ゆゆ

Cocktail Kiss Label

カクテルキス文庫をお買い上げいただきありがとうございます。
先生方へのファンレター、ご感想は
カクテルキス文庫編集部へお送りください。

〒102-0073　東京都千代田区九段北1-5-9-3F
株式会社Jパブリッシング　カクテルキス文庫編集部
「葵居ゆゆ先生」係　／　「笹原亜美先生」係

◆カクテルキス文庫HP◆ http://www.j-publishing.co.jp/cocktailkiss/

青の王と花ひらくオメガ

2020年8月31日　初版発行

著　者　葵居ゆゆ
©Yuyu Aoi

発行人　神永泰宏

発行所　株式会社Jパブリッシング
〒102-0073　東京都千代田区九段北1-5-9-3F
TEL　03-4332-5141
FAX　03-4332-5318

印刷所　中央精版印刷株式会社

ISBN978-4-86669-326-2　Printed in JAPAN